Elvis Och Chlôe

Ulf Skei

Elvis Och Chlôe

Förlag: BoD – Books on Demand, Stockholm, Sverige

Tryck: BoD – Books on Demand, Norderstedt, Tyskland

ISBN: 978-91-7785-512-5

Inledning

Så, vi ses igen. Trevligt. Som jag hoppas du är medveten om är detta del två i den vansinniga sagan, det märkliga eposet om våra kära vänner Elvis Karlfeldt och hans hjärtas dam Chlôe Lavigne. Vi har redan i förra boken varit med på resor tvärs både förnuft och universum. Låt mig lugna den som oroar sig att den förhandenvarande kompilationen av vilda skeenden skulle avvika från detta framgångskoncept. Det gör den inte. Om något är den väl värre.

Vi kommer att följa våra hjältar på besök i det universella bibliotek i vilket samtlig mänsklig och omänsklig kunskap sparats. Vi kommer att möta budbärare, och följa dessa under vansinniga språngmarscher genom interstellära kontorslandskap. Man tappar nästan andan. Det är på intet sätt lämplig lektyr för den känsliga/e.

Håll i er, för inga försäkringar täcker detta.

Kapitel 1

De försökte vara diskreta med det. Deras familjer skulle aldrig acceptera dem så här, även om det var trevliga människor. En kyss till ombord på flygplats transfern. Han kände hennes hjärta igenom stillheten i bussen. "En timme till." *Han kände knappt igen sin egen röst.* "Jag vet." *Hon sträckte sig efter hans hand.* "Kom närmare." *Två själar vandrade i väg i en drömträdgård. Själar på drift på ett okänt hav. I trädgården fanns en azurfärgad himmel.* "È azzurro" *Hennes röst var varm som sol av sammet. Hennes ögon hade universums djup. De gick tysta, förutom det mjuka ljudet av fötter på den jämna, mjuka stigen genom trädgården. Det var egentligen bara en reflektion av kärlek projicerad över deras privata lilla hörn av världen.*

"Ti amo…"

"Ti amo…"

Magin bröts av en röst i en högtalare som talade om att transfern beräknades ankomma till Gatwick International om ett par minuter. De skulle aldrig glömma smärtan, tomheten, rädslan som var den där sista timmen tillsammans.

"Vi är ett."

"Si, one, sempre come uno."

På avstånd såg de silhuetten av Gatwick. Som några lådor av betong utspridda på ett fält utanför London. En tyst påminnelse om mänsklig företagsamhet. Med inte så tysta flygplan. En obruten ström av ankomster och avfärder. Dygnet runt. För dem kändes det som en avrättning. Chlôes ögon viskade en sång om sorg och saknad. Som han älskade henne då och där. Fortfarande gör, förstås, men mumlet skapat av blandningen av språk och obekanta ansikten fick det att kännas så akut.

Espresson vid caféet var trevlig, och bakverket också, men minuterna tickade iväg tårarna som störde vyn gjorde det svårt att uppskatta såna saker.

"Bäst att gå till din gate."

Han kände sig torr i halsen och orden kämpade sig över läpparna. Hon tittade honom rakt in i ögonen.

"Right, better go."

Promenaden igenom flygplatsen till avgångs gaten var fruktansvärd, och omfamningar och kyssar dämpade inte smärtan.

"Kärlek gör verkligen ont." Viskade han.

"Det gör det." Han hade aldrig sett något så vackert som henne, där och då. Han backade sakta ut från gaten när hon försvann ombord på det där planet mot Malpensa. Det var det värsta han någonsin varit med om. Drömmen hade kapats alltför kort. Verkligheten, vår lille otrevlige vän, hade ännu en gång kommit emellan två själar som aldrig borde vara skilda åt.

Himlen tittade på en sorgsen kormorant som korsade en vik utanför Juan les Pins. Man såg brevlådor och en vagn vid en tystlåten vägkant. En melodi kunde höras i den varma brisen. De var där. De satt vid ett ensamt café och kände sig som älskande gör. Som älskande alltid borde göra.

Kapitel 2

Leonard Carlton, en i allmänhet mycket bra privatdetektiv, satt tyst och bläddrade igenom de maskinskrivna arken han hade hittat utspridda på golvet i en liten enrumslägenhet på Camberwell Church Street i södra London. På avstånd hördes Chet Lakes 'Almost True'. Det lilla fönstret till höger om skåpet var fortfarande öppet mot den relativa tystnaden utanför. Sängen var obäddad, en tom flaska mod bredvid den fulla askkoppen. Carlton tittade ut genom fönstret. På andra sidan gatan rörde sig gardinerna i ett fönster på andra våningen. Någon som ville se utan att bli sedd rörde sig som en skugga av ondska bakom tygsjoken.

"Aah, spelar spel, eller!" Carlton kände en plötslig lust att gå över golvet, skrika ut genom fönstret, och kanske kasta en papperskorg mot det där fönstret. Vid närmare eftertanke kände han att han förmodligen inte skulle orka kasta så långt, och om så vore skulle han säkert träffa fel fönster. Eftersom han var en man av värld bestämde sig Carlton för att inte kasta saker på sin möjliga motståndare.

I rummet fanns bara ett fåtal föremål. Ett vingligt och repiga gammalt bord. En stol av samma kvalitet. En skrivmaskin av den gamla manuella typen. En Underwood. Manuskriptet hade legat utspritt på golvet. Ungefär 73 skrivna sidor.

"Elvis & Chlôe, a European Love Affair" av E.P. Karlfeldt. Carlton kliade sitt tunnhåriga huvud.

"Så, min gode Elvis, spelar svårfångad, eh?" Hans ton hade en klang av avsmak då han pekade dramatiskt mot den gamla skrivmaskinen.

"Nåväl, vi får väl se vem som får skriva epilogen till den här sorgliga historien, eller vad säger du?"

Carlton hade varit medlem i det lokala teatersällskapet i Lambeth under sin skoltid. Hans dröm hade varit att göra 'Macbeth', att bli 'upptäckt'. Det närmaste han kommit var att vara ersättare för en tidningsförsäljare i en lokal uppsättning av 'Kaffe och en tagg'. Han tänkte att detta kanske skulle kunna bli hans ögonblick i solen. Han hade förstås fel. Leonard Carlton hade ofta fel. Ödet, vår lille vän, fnittrade och dansade en polka. Det hade en benägenhet att göra det då och då, när det planerade otyg. Vilket det precis gjorde. Planerade en del äventyr för vår detektivvän. Carlton tittade igenom papperen en gång till och sträckte sig efter telefonen. Han slog numret till sin arbetsgivare, en herr Conrad Betelgeuze Karlfeldt, och lyssnade på signalerna. Han kände sig lite underlig.

"Underligt." Tänkte han högt för sig själv.

"Ja." Den gamle mannens röst var torr som papper.

"Carlton här. Tänkte bara att du kanske ville uppdateras i ärendet."

Leonard Carlton knackade i bordet med sin kulspetspenna. Ljudet var mycket enerverande, och kunde höras av hans nuvarande arbetsgivare genom telefonförbindelsen.

Conrad Betelgeuze Karlfeldt hatade enerverande människor.

"Sluta med det där."

"Vad?"

"Ja, vad det nu är du gör som skapar det där ljudet, eller jag skickar någon som tar hand om dig och dina påfrestande vanor. Förstått."

Leonard Carlton, privat detektiv, tittade på sin penna och insåg att det nog kunde vara lite påfrestande.

"Ok, oroa sig inte. Jag har redan slutat. Dålig ovana bara. Nåja, jag hittade rummet. Jag antar det kan kallas lägenhet, i södra London. Det var nästan tomt. Inte mycket att gå på, men jag hittade någon typ av manuskript för en kärlekshistoria. Verkar vara självbiografiskt och handla om din son och en dam, Chlôe Lavigne. Någon bekant?"

"Mm. Jag känner igen namnet. Lavigne. Hennes familj är i kaffe tror jag. Sicilien. Släkt med Costas." Den gamle mannen stoppade och hämtade andan. Leonard tittade ut genom fönstret. Nere på gatan stannade en blå sedan vid ett apotek. En man i marinblå pinstripe kostym klev ur fordonet. Han lutade sig mot en lyktstolpe och stirrade på en man i mycket mörka solglasögon. Solglasögon mannen nickade lätt och kastade en mapp med papper i rännstenen. Han började dansa en mycket säregen dans.

"Det blir blod…" Pinstripe mannen bugade sig, ylade momentant mot en pöl vatten och pekade sitt krokiga finger mot mitt fönster, även om jag tvivlar på att han kunde se mig, eftersom det var väldigt soligt och du vet, reflektioner och sånt där. Jag bestämde att det var dags att gå under jorden för tillfället.

"Jag måste försvinna på ett tag, herr Karlfeldt, så om du behöver nå mig råder jag dig att inte använda det här numret."

"Hur ska jag då få tag på er?"

"Gå via en Westminster Postbox under namnet Willard P. Jennings."

"Ok. A dopo, Mr Jennings."

"Vi hörs, herr Karlfeldt.

När telefonen klickade ett sista farväl flöt något ondskefullt genom gatorna i Lambeth. En skugga i en mörkt blå Bentley viskade anvisningar till föraren. Fordonet rullade över en av många broar som korsade gamla Themsen.

Kapitel 3

En sorgsen fjäril viskade sina sammetstoner över en sträcka gräsmatta som nu hade besök av ett lokalt cricket lag. En underlig liten figur och en Pinstripe man satt på en parkbänk och avnjöt sporten. Pinstripe mannen tände en cigarett och spottade mot en underligt bekant strykarhund som närmade sig paret från ett buskage vid en mindre kiosk lik struktur lutandes mot verkligheten på ett sätt som för alla eventualiteter skulle kunna liknas vid en överförfriskad individ som hölls upprätt av polisen under transport i gångarna i ett mindre lantligt polishus, ja, eller något liknande.

Ungefär samtidigt, eller strax före. Vi säger 12 minuter före, hade en person med förmågan att vara på två platser samtidigt möjligen noterat att ett mindre hus just höll på att byggas i utkanten av en by på en liten planetoid kallad Cardigan m2. Så medan man såg en diskussion rörande lunch och en mullygrubber kunde man samtidigt se en mindre dörr bli inpassad i sin karm. Och om iakttagaren såg det från rätt vinkel kunde iakttagaren dessutom bli förvånad över att se en grupp män från en lokal tele operatör gåendes mot en pub för en pint efter jobbet. Så du ser hur relativ tiden är. Lunchdags här och i en annan verklighet fem klockslag, eller kanonskott. Eller vilken som helst annan godtagbar metod att markera tidens gång. Slå en hummer med en annan hummer. Eller med en krabba. Eller med en liten hund. Vilket inte bara vore opraktiskt, utan även grymt. Relativt i alla fall. Relativt inte bara till sig själv, utan även till platsen. En person kunde ses på avstånd. Personen verkade leta efter något. Från någon diffus plats kunde man höra Chet Lakes horn. 'You can't go home again.' Sorgsenhet var mer än en sinnesstämning och bar framförallt på en klart disharmonisk känsla. Jazz. Någon började springa nedför en grön kulle. Han hade spänt fast sig själv vid någon typ av drake. Inte en professionell som de man kan stöta på i en tävling, snarare en hembygge historia av tunna störar och en omfattande bit tyg i något syntetiskt material. Den smärre publiken jublade och hejade på. 'Hurra.' Bra där.' Och 'Wow.' Kunde höras. Det slutade då mannen sprang nedåt och höll i sin drake. Han kämpade för att hålla nosen i rätt vinkel. Plötsligt öppnades hans ögon på vid gavel och han började tjuta. 'Aaaarrrrggghh.' Lät den galna brygd av ljud som strömmade ut mellan läpparna då han lämnade marken. En suck hördes från gruppen av iakttagare. Deras civilisation hade äntrat aviationsåldern. Rupert skulle dock inte vara bland de firande denna kväll. Rupert Gargamel Bendix levde i exakt 23,4 sekunder efter att han lämnat den lilla planetoidens yta. Hans hembygds drake började bete sig underligt, en rem som höll ihop det hela började lossna. Plötsligt hördes ett gnissel, följt av ett vansinnesskrik från Rupert. Allt föll samman. Rupert grep sin styrpinne. Den gjorde inget för att styra upp situationen som snabbt förvärrades. Rupert föll ned mot den platta, svarta asfalten som var Centralparkeringen i staden. Jag vet inte, ingen vet, men jag tror inte det vore helt fel att anta att Ruperts sista ord var 'Aaarrrggghh' eller något i den stilen. Nu finns inte längre Rupert, men hans död fick många av hans artfränder att börja tänka i termer av drakar, och flygning, och förstås, dumhet. Om några sidor kommer vi att lära oss att en av dem, Erroll Corderoy Barnes, skulle faktiskt bli berömd för att ha hittat på jetdriften.

Kära nån.

Solen sken skarpt över ett djuprött hav. En mås flög över vad som en gång representerat en lokal fiskmånglare. Resterna av en ömklig byggnad. En eländig konstruktion av skivor tunna som kartong, målade gräddvita. En skylt som talade om någon dåtid, då torsken kostade tre kronor hektot. En liten fisk fångad i en pöl då tidvattnet blev ebb försökte och försökte men kunde inte komma undan en fiskmåsnäbb. Se där; naturen, livet och döden. Äta eller ätas. Ingenting varken rätt eller fel med det. Bara naturen. Samtidigt men någon helt annanstans gick en liten hund fridfullt bredvid sin matte. Den började gläfsa och försöka men misslyckas med att komma undan från bokhyllan den såg komma emot den, som kastats ut ur ett fönster på Kungsholmen av en sydafrikansk gangster.

Den som läste bok ett i denna galna serie vet att det var från Elvis våning bokhyllan kastades. Vara som det vill med det. På Cardigan m2 var folk lite sorgsna över Rupert Gargamel Bendix alltför tidiga död. Många invånare gick runt med små pappershattar balanserande på toppen av deras konformade huvuden. Det var en lustig tradition på den lilla planetoiden. Ledsamhet och sorg visades genom bärandet av pappershattar. Vissa lokala bokhandlare gjorde fin sidointäkt på säljandes av dessa hattar. Gula. Eller turkosa. Ja, det var de populäraste färgerna. Dessutom ansågs det mycket smaklöst att titta på personer man mötte på trottoaren om de bar sorghattar. Därför bar folk med sig ett tomt ark A4 papper för att kunna hålla upp detta och dölja hattbäraren. Detta var mycket klipskt, men medförde en del problem. Så till exempel missade vissa pappersbärare att notera hinder i sin väg då de höll upp sina pappersark. Då hände det att dessa snubblade och föll över hattbäraren. Här bör noteras att de boende på Cardigan m2 hade papperstunne kranium. Tunt som ett björklöv. Som alla förstår resulterade detta i ett stort antal dödsfall. Här ska även nämnas gatuskraparna. Dessa var en grupp som hade som enda syfte att skrapa rent trottoarerna efter olyckor och dödsfall. Gatuskraparna kändes igen på den gröna overall de bar. De bodde i ett samhälle utanför stan. Folk sa att de luktade illa. De tvingades att dygnet runt bära med sig en död sill på ett mycket otrevligt vis. Detta förstås för att folk skulle känna igen dem via näsborre, som man säger.

Under tiden lekte en av familjen Cardigan Barnes, unge Erroll Corderoy, med en av sina teknikleksaker i sin pappas garage. Han experimenterade med olika typer av brännbara vätskor för skojs skull. Under ett av experimenten råkade han av misstag få ett rör att flyga genom väggen och ut på gatan. En dam gick förbi med sin lilla hund, hon träffades i huvudet av det flygande röret. Som alla förstår upphörde hon att vara en av oss levande. Hon hette Edna Meadow Bibbs, och var en av de få återstående arvingarna efter den åldrige och svagsinte Herman Casserole Bibbs. Hennes lilla hund, den elake 'Biff', var en pudel om sådana någonsin existerat. En insatt person kunde invända att det inte fanns pudlar på Cardigan m2. Detta uttalande skulle vara med sanningen överensstämmande. Biff var ingen pudel. Biff var det närmaste att vara en pudel utan att så att säga vara en pudel det någonsin funnits, och någonsin skulle komma att finnas på Cardigan m2.

Såja.

Tid passerar.

Mer tid passerar.

Efter vad som här på jorden (om jorden är där du är, käre läsare. I annat fall kan du bara ignorera denna passage, eller ändra så det passar din situation…) hade betraktats som en ansenlig tidsrymd, faktiskt sådär 13 år, hade unge Erroll Corderoy växt upp till att bli vad man i allmänhet benämner en 'geek'. Detta innebar bland annat att han aldrig fick flickan på danserna. Han var alltid den siste att bli utvald till cricketlaget, och han spenderade sin lediga tid med att läsa om universums ursprung. Förutom detta, och det bör noteras, spenderade han en hel del tid med att utveckla raketmotorn. Den kraftkälla som var nödvändig för att hans tunnskallade ras skulle nå yttre rymden. Grundidén härstammade från det flygande röret som ändade livet för en oskyldig äldre dam ute på hundrastning då det mordiskt och helt utan empati flög genom Cardigan m2's torra och mycket tunna atmosfär. Ryktet om den talangfulle ynglingen nådde centrala teknikutvecklingsbyrån då vår vid den tidpunkten 17-årige vän lyckades vinna guldmedaljen i en tävling för gymnasieungdomar som ville satsa på en framtid inom teknik eller data. Erroll Corderoy mottog ett brev från byrån i vilket han ombads vidareutveckla sina idéer vid deras centrala facilitet.

"Ja." Sa Erroll. "Jag visste det."

Erroll skulle få ett eget labb, och ett trevligt skrivbord med personlig stämpel och kaffekopp. Där skulle finnas en laptop på skrivbordet, och en skylt med hans namn tryckt i mjuka och vänliga bokstäver på. Detta skrivbord skulle komma att bli Errolls hem för ett antal år. Oss emellan, det var faktiskt vid just detta skrivbord Erroll skulle komma att fråga sin framtida hustru - Agatha Wordenskiöld - om hon skulle vilja påbörja ett gemensamt inkomstdeklarationskonto. Agatha var ekonom vid byrån, och hade haft ett flertal på gränsen till intima möten med Erroll vid diskussioner kring finansiering och utvecklings lokaler för hans projekt. Hon svarade ja. Kanske hade hon ingen aning om vad hon gav sig in på, eller så var de faktiskt ett så väl passande par som Erroll trott de skulle bli den första gången han såg henne vika sin pappersservett försiktigt före borttorkande av kaffespill från sina blå läppar. Senare skulle det tunnskallade paret bli del av besättningen som övergav Cardigan m2 i ett försök att nå en galax mycket långt bort. Galaxen de försökte nå var vårt hem i oändligheten. Galaxen som för oss är känd som vintergatan. Cardiganerna visste inte vad vinter var, eller gatan. De transporterade sig mestadels på trottoarer. De kallade trottoarerna för 'Brux'. De kallade vår galax 'Berrthigh 37'. Fordonet, raketen, ja 'rymdskeppet' som fraktade Erroll, Agatha samt 29 andra Cardiganer var inte byggt att resa tvärs över yttre rymdens oändliga tomhet. Det hade kapaciteten att vråla fram genom existensen i tre dagar, två timmar och trettiotvå minuter. Vilket är exakt vad det gjorde. Sedan hostade det till lite, skakade till och rullade över på rygg som den döda val det var. Rymdresenärer skulle komma att passera vraket, 'valen', tusentals år senare. Skeppet skulle komma att bli en turistattraktion. Enorma skyltar skulle komma att placeras ut i närheten av det gamla skrovet.

Kryssare på väg till de mindre Magellanska molnen skulle de facto göra sig omaket att ta en omväg för att erbjuda chansen att få se ett av tillvarons sorgligaste misstag.

Där, om inte det gör er orolig vet jag då inte vad det skulle krävas.

Kapitel 4

Under tiden på ett café i Milano, satt ett par och drack kaffe och höll varandra i hand. De såg på varandra och det var värme i eftermiddagsluften. "Come uno." Elvis log och kände den sköna känslan av två andar som blir ett. Dämpade röster hördes utifrån. En katt passerade utanför och tittade på papperskorgen vid dörren. En pappersservett trillade ner på golvet. Katten var på den som sin avlägsna släkting på en Gnu i Serengeti i Afrika. Katten bröt servettens nacke och bet för att kväva den. Servetten gav upp. En segerrik jägare grep sitt byte och vandrade längsmed trottoaren för att visa upp det.

"Come uno." Chlôe såg in i hans ögon och försökte sjunka djupare i det gråblå. Att gå in i den nordiska anden, som hon brukade säga. Kommunikationen pågick i det tysta. Bytes av information flödade mellan deras ögon. Från blått till mörkbrunt. Från det mörkt bruna tillbaka till det blå. Blandningen var varm och söt. Som mörkt kaffe. En kopp Kembe.

"Det har varit en inkräktare i rummet i London." Elvis kliade sig i nacken.

"Vad, saknas något?"

"Ja, manuskriptet och en anteckningsbok med ganska viktig information." Han såg orolig ut. "Manuset är ok, jag har en backup, men boken med kontakter och adresser. Lite oroande. Mannen i Venedig, jag kommer att behöva kontakta kontoret i Antwerpen igen."

"Aah, si, jag förstår. Mannen med förstautgåvan av Salvado. Åker vi till mötet på Sicilien?" Hon vände sig mot fönstret, och han visste det var mer hon ville men inte kunde säga.

"Ja, det tror jag vi måste. De har planerat det ett bra tag. Franck och Eve kommer, och försäljningen kommer att diskuteras. Vi borde åka till din pappas kusin, Don Alessandro. Du vet att de väntar oss." Elvis ställde ner koppen då han noterade att den var så gott som tom. 'Vilken trevlig kopp kaffe' tänkte han.

"Ok, jag bokar tåg och bussar." Hennes ögon fick den där sorgsna känslan. Hon förstod att familjen var viktig, och ibland tyckte hon om mötena med 'la famiglia', men tankarna flöt iväg till platser och människor som inte längre var en del av hennes liv. Det skulle i alla fall bli trevligt att träffa kusinerna och deras föräldrar, och Palermo var alltid trevligt. Hon visste att Elvis uppskattade ön, och att han tyckte om att träffa bekanta där. Folk i 'underhållsbranschen', som de brukade kalla det. Vi vet att det handlade om vävreparatörerna på sina scootrar som brukade semestra i Palermo och New York, som läsaren av bok ett i denna trevliga trilogi kanske minns.

"Med lite tur kan vi stöta ihop med Luigi. Förstagrads reparatör. Han kan närma sig Palermo på andra sidan om nån vecka. Chlôe mindes Luigi Decarlos, mannen i sin blå overall åkande på en 150 CX. Han var trevlig.

"Det skulle vara trevligt, prata om gamla tider." Hon log och mindes senast de mötte Luigi. På utsidan, vid en bensinstation nära en portal i Yorkshire. Han hade köpt glass och kaffe. Solen hade varit het. Hologrammet som beskrev en rofylld italiensk lantlig scen hade varit perfekt. Att vara på utsidan, eller 'baksidan' som vissa kallade det, var alltid kul, och sedan de möttes på Bergsgatan i Stockholm hade de faktiskt sett mer av världen än de flesta hinner med under en livstid.

Solen hade passerat sin högsta punkt. De som visste förstod att det var artificiellt. De visste att det var en väv som höll samman pixlarna, och att den ibland fick revor och behövde underhållas. Det var då reparatörer som Luigi Decarlos och hans kolleger kallades in för att ta sig till den felaktiga pixeln och laga stygnet eller utföra nödvändiga modifieringar. Som kunde uppfattas som stormar, udda fenomen på kvällshimlen, eller rapporteras som ufon av folk som betraktades som en aning underliga och ignoreras eftersom just det fenomenet aldrig upprepades. Inte på samma sätt eller plats. Många udda företeelser förekom på vad folk trodde var jorden. Ja, inte bara på 'jorden', i rymden också. Du trodde väl inte rymden var verklig, va? Nåja, den är verklig, bara inte som de flesta ser den.

Från ett öppet fönster flödade lugn och behaglig jazz. En trumpet viskade sina mjuka och varma noter in i världen utanför. Theo Brenns 'It never hit my mind' träffade Chlôes trumhinnor som en påminnelse om tider som passerat. Hon tänkte på tiden i Belgien, på det underliga företaget och den afrikanska kontakten. På bussturen i Kongo. Mannen i Sydafrika, Elvis pappa.

"Kom, vi går till hotellet och äter lite." Sa hon. Elvis nickade medhåll och de gick till hotellet på Corso Porta Romana.

"Vi vilar några minuter innan vi äter." Sa han. Korridoren utanför var ett kaos av ungar och deras föräldrar. Paket fyllda med leksaker, godis och kläder. Den tyska familjen ett par rum bort hade varit ut och shoppat.

Medan de låg och vilade syntes vissa tecken på aktivitet på 'andra sidan'. Plötsliga ljusfläckar glimtade till och gled längs en vägg här eller ett tak där. De hade inte varit på utsidan på ett tag, men om en vecka, i Palermo, skulle de definitivt få göra lite utomvärldslig sightseeing. Elvis gillade tanken på att få möta det gamla reparatörsgänget igen. Jim Albertsons 'My Daisy' gled förbi på sin väg dit jazzlåtar åker för att sova.

Låt oss lämna våra hjältar för ett tag, och färdas någon helt annan stans i detta gamla vidsträckta universum. En tyst man sittande på en bänk i gamla Stockholm matade duvor med förgiftat bröd. Han fnittrade för sig själv då han såg de små fåglarna rycka och skaka då substansen i vilken brödet doppats gjorde det den skulle. En i sanning otrevlig man var han. Hans namn var Rolf Bjurhager. Han var auktoriserad revisor. Hans huvudsakliga syfte var hantering av monetära transaktioner. Han hade med åren utvecklat en grym personlighet. I korthet kan han beskrivas som en man som skulle kunna stjäla ost från en pensionerad bussförare. En gång lånade han till och med en bok från ett bibliotek utan att ha en tanke på att lämna tillbaka den.

I sanning.

'Varför diskuterar vi denne man?' hör jag den observante läsaren fråga sig själv. Oroa er inte. Jag ska avslöja hans del i plotten som resulterat i denna bok. Mannen, Rolf, vandrade till sin lägenhet efter att ha förgiftat ett antal oskyldiga fåglar. En mörk och ond skugga närmade sig från öst. Den sjöng 'Venice on My Mind.' Rolf Bjurhager började gråta.

Han grät alltid då han hörde just den låten. Saxofoner och tamburiner gjorde sin grej. En koltrast kvittrade och knackade på ett fönster i rummet Rolf Bjurhager kallade sitt 'kontor'. Det var ett pyttelitet krypin mot Dalagatan vid korsningen med Odengatan, Vasastan. Bjurhager daskade till fönsterkarmen med sin linjal. Linjalen var i trä och ett arv efter farbror Ephram Sanders, Esq. Rolf skrattade åt den skrämda fågeln som lättade mot säkrare nejder. Han höll linjalen, en 'Sandringham B4/0.5'. 'Vilken fenomenal konstruktion' tänkte han för sig själv. Han iakttog metallförstärkningen vid mätkanten. 'Sån precision, förfining, jag vet inte vad.' Rolf var i himlen. Det enda som skulle kunna göra honom lyckligare vore ett nytt hålslag. Nåja, inte nytt, per se, nytt för honom. Han hade ett Wilberforce Cuttinger 37, den ljust blå modellen från 1929. Han älskade det. Det hade just det där lilla extra som skulle kunna få en person av Rolf Bjurhagers typ att bli heltokig och lägga en månadslön på inköpet. Det hade tjänat honom väl under många år, men på senare tid hade han noterat en viss inexakthet. Den precisa passningen på stansen började visa tecken på vaghet. Hålen hade som hålslagsexperter uttryckte sig börjat 'migrera' på arket. Mycket sorgligt. Den intresserade läsaren förstår troligen hur pressad situationen börjat bli.

"Jag undrar om jag ska ta en tur till kontorstillbehörshandlaren runt hörnet?" Frågade han stillsamt sig själv. Frågeställningen var naturligtvis retorisk. Rolf ämnade sannerligen ta den trevliga promenaden till 'Gentleman's Corner'. Sagt och gjort, efter att ha konsulterat sin klocka och noterat att han hade 45 minuter till godo lapade han i sig ett single shot Kembe espresso samt borstade sina bruna loafers för en diskret promenad en trappa ned. Utanför sin dörr noterade han att ett litet kuvert låg kringstrött. 'Herr R. Bjurhager'. 'Konstigt', tänkte han, plockade upp det och lade det tankspritt i sin ficka. Det skulle allt få lov att vänta till en senare tidpunkt. 'Kanske till ungefär halv tre i eftermiddag' tänkte han. Rolf låste dörren och ämnade gå nedför trappan.

"Åh, herr Bjurhager, bra."

Rolf vände sig och såg källan till orden. Det var ingen mindre än vaktmästarens fru, fru Berner. Han kände en kyla efter ryggraden och beredde sig på att ignorera omvärlden i ett antal minuter.

"Ja, ni måste ursäkta mig, jag har lite..."

"Struntsamma. Jag måste bara berätta om paret i lägenhet 43, de unga med hunden vet ni." Vaktmästarns fru var nu väldigt nära Rolf, som hade fruktat precis detta. 'Kvinnan måste borsta tänderna med sardiner.' Tänkte han.

"Ledsen, fru Berner. Måste springa. Möte..." Rolf såg att hon var besviken men satte fart nedför trapporna. Kvinnan tittade sorgset efter den försvinnande Rolf och ropade;

"Vi möts snart igen."

Rolf sprang snabbt nedför trappen och tänkte vemodigt 'Inte om jag får bestämma...'

Detta är typiskt för modernt liv. Människor försöker och kämpar för att få kontakt. Det enda man kan säga med någon som helst säkerhet är att det kommer att sluta i tårar och elände. Rolf Bjurhager kunde bara inte stå ut med folk. Ok, kortare tidsperioder och sällan. Inte så här. Inte på 15 centimeters avstånd och stinkande av sardiner. Gud vad jag hatar den kvinnan.' Tänkte han. Rolf hade alltid varit så här. Nåja, kanske inte alltid, men åtminstone sedan 12-årsåldern.

"Stackars pojk." Brukade hans föräldrars grannar säga då de såg honom sittande helt ensam i en trädgårdsstol skrivande i sin lilla skolbok. De andra barnen i kvarteret lekte och brottades och skrek och sprang runt. Som barn brukade göra. De brukade skrika;

"Rolf, kom ut och lek."

Men Rolf svarade att;

"Nej, vi leker inte där jag kommer ifrån."

Stackars barn.

Sociala myndigheter försökte få en undersökning initierad, då skolpersonal uppmärksammat dem på att något var mycket oroande med barnet.

"Något måste vara fel." Fröken Warren, en lokal socialsekreterare, var oroad, för att inte säga nervös, över barnets situation.

Man utförde sålunda ett annonserat hembesök i syfte att uppdaga eventuella problem i hemmiljön. De tre socialsekreterarna och två ämbetsmännen anlände efter två om eftermiddagen. Man fann unge Rolf i trädgården med sin anteckningsbok i knät. Sittande i sin trädgårdsstol. Skrivandes om de antika grekerna.

"Jag finner deras filosofiska insikter mycket frigörande." Rolf var en i sanning ovanlig pojk. Gruppen fann inget speciellt att anmärka på, även om de sannerligen fann bristen på uttryck av familjeband en aning oroande.

Hans far sade bara;

"Det är så vi gör här."

Stackars pojk.

Så, efter denna lilla exposé i ondska finner vi oss runt hörnet, vid Gentleman's Corner.

"God dag. Min favoritkund och gentleman i sanning, herrn!" Elwood Lake, innehavare och tillhandahållare av de finaste kontorstillbehör på marknaden log brett då Rolf äntrade den lilla butiken.

"Tack så mycket i sanning, min gode man!" Känslan var ömsesidig. "Jag undrar, hålslaget har börjat bete sig lite udda. Skulle du kunna ta en titt på det, så jag vet om det är något att göra, eller om saken är förlorad som man säger...?" Rolf kände sin läpp vibrera lite okontrollerat vid tanken på att behöva ge upp gamla Bettan.

"Oroa sig inte. Vilken modell och år rör det sig om?"

"Åh, det är Wilberforce Cuttinger 37, ljust blå. 1929. Det har tjänat mig väl i ett antal år, men som jag sade har det under senare tid börjat uppträda oberäkneligt. Den inexakta positioneringen av de yttre hålen, samt avsaknaden av exakthet i slagens glidrörelser." Rolf hade tårar i ögonen nu.

"Ah, den ljust blå. Jag förstår. Jag får säga att vi haft vår beskärda del problem med slagens inexakthet med den genom tiderna." Elwood tvinnade sin vänstra gentlemanlika mustaschspets mellan tumme och långfinger.

"Det är underligt, som om de förlorar skärpa och vilja att utföra sitt arbete enligt överenskomna standarder."

"Kära nån, vad göra?"

"Jag går gärna igenom det om du lämnar det över natten och återvänder vid två imorgon så kan vi förhoppningsvis lösa det hela." Rolf tog det lilla hålslaget ur sammetspåsen han brukade föredra för diskret transport.

"Ok, här har vi det. Jag litar fullständigt på att du tar hand om min lilla vän." Han sträckte sig över disken och gav Elwood det lilla hålslaget. 'Min lilla vän.' Tänkte han. Situationen illustrerade klart och entydigt hur tomma Rolfs och i sanning Elwoods liv var.

Vi närmar oss snabbt kapitel 5, ett kapitel i vilket Rolf Bjurhager kommer att möta ett par otrevliga karaktärer av sydafrikansk härstamning. Har du, käre läsare. Läst bok ett i serien känner du troligen igen dem. Under denna tidsrymd kommer våra vänner i Milan att ha affärer med resebyråer och ordna med resan till Sicilien. Och med gamla vänner på scootrar som arbetar på vävens baksida.

Men först en kopp kaffe.

Kapitel 5

Som nämnts i slutet av förra kapitlet kommer vår vän Rolf Bjurhager att ha oturen att möta några av de sydafrikanska gangsters vi möjligen minns från bok ett. Curacao Delicioso av Paul Drummond och Jem Hall kunde kännas mer än höras ifrån ett öppet fönster på andra våningen. En duva vandrade över gångvägen på andra sidan gatan. Den lilla gula bil som stod vid ett träd ungefär tjugo meter österut var tämligen rostig, och hade en punktering. Där fanns även bevis på att någon bodde i den och använde vänster framsäte som latrin. I sanning otrevligt. Varmkorvgubben vid korsningen verkade uppgiven vad gäller att attrahera kunder. Ett fåtal lokalbor på promenad vid parkens kant var bevis för liv i området. Men de var inte intresserade av korv i bröd. De var på väg till ett café, en promenad i parken eller liknande. En dam hade ett barn med sig. En ljudlig liten grabb.

"Jag vill ha glass." Det lilla monstret pekade i riktning mot glassförsäljaren i parken.

"Nej, inte nu. Vi måste skynda till tant Bertha. Hon har gjort rispudding!" Elsbieta Korgan, den stackars modern till den otrevlige Roger Korgan, försökte distrahera det lilla monstret så gott hon kunde. Det hade liten eller ingen effekt.

"Bläh...jag hatar hennes äckliga rispudding." Lille Roger skakade av äckel. Han hade aldrig smakat puddingen i fråga, men visste vilka knappar han skulle trycka på för att få vad han ville ha.

"Ok", sa hans mamma, "lite glass, men du vet hur besviken tant Bertha blir om du inte vill smaka på hennes mat." Hon drog snabbt med sig barnet in i parken och köpte en strut åt honom.

"Här, och då räknar jag med att du uppför dej. Förstått!" Hon var irriterad nu.

"Såklart. Det vet du." Barnet fick som det ville, som alltid.

En berusad förare var på väg mot sitt öde. Han visste inget om detta,

Elsbieta, Roger, inte ens om den väntande värdinnan Bertha, ingen väntade sig detta. Modern med sin glassätande unge satte fart mot den korsande vägen och började gå över gatan. Ljuset var grönt. Hon tog barnets hand och började korsa vägen. Precis samtidigt bestämde sig en resande i damunderkläder och korta varor för att ge sig ut på en liten åktur. Elrod Parker var klädd i en lätt kavaj och för övrigt bara skor och strumpeband. Han hade druckit starkvaror i flera timmar. Alkoholen blandades i hans blod med receptbelagda läkemedel mot hemorrojder, som inte var menade att tas oralt. Han borde inte ha kört, men de starka kemikalier som bildades i hans blod och fördes upp till hans hjärna struntade fullständigt i detta. Detta resulterade i att han anlände till en massa olyckliga felslut och antaganden som väl får sägas var i mycket liten mån med sanningen överensstämmande. Det började med att han tvingade sig på en stackars receptionist vid hotellet där han deltog i ett konvent för folk i damunderklädesbranchen. Receptionisten, en fröken Phyllis Lavine, försökte hålla hans tafsande händer borta.

"Jag vet vad du vill." Damunderklädesförsäljaren visste att vad alla damer i världen ville ha var honom. De ville alla att hans illa fungerande reproduktionsorgan skulle tränga in i deras motsvarighet. Det var ett mjukt, hårigt och köttigt hål. Världens damer var fullständigt ointresserade av Elrods närmanden, men Elrod visste minsann att det bara var spel från deras sida. De behövde bara övertalas. I syfte att genomföra övertalandebiten slet Elrod Phyllis Lavines kläder i bitar efter att ha släpat med henne in i ett lagerrum. Phyllis, den olyckliga kvinnan, försökte skrika men Elrod Parker som var under inflytande av droger och hormoner som släppts att löpa amok av dessa droger efter att ha hållits lugna under en livstid som barn till en fanatiskt religiös mor och rädsla för att bli avvisad stoppade en trasa i munnen på henne. Trasan var doppad i en olja som användes för att putsa möbler. Ångorna från oljan i blandning med hennes skräck fick den stackars kvinnan att skaka. Elrod hade satt på sig damunderkläder och försökte få sitt organ i ordning. Organet i fråga fungerade inte som det skulle. Elrod tittade på Phyllis, och på sitt cylinderlike organ som borde expandera och stelna. Inget av detta hände. Andra människor skulle kanske ha skämts och anklagat sig själva. inte Elrod. Hans kemiskt misshandlade hjärna anklagade Phyllis. Han fick tag på en burk kemiskt rengöringsmedel, och tvingade den stackars kvinnan att dricka detta. Som resultat löstes Phyllis inre upp och hon slutade att fungera.

Efter detta fick vår vän tag på bilnycklar i receptionen och gav sig ut på vad som skulle bli hans sista resa. Det skulle de facto bli slutet på tre människors liv. Han såg världen i en dimma. Hans ögon var förvirrade av kemikalier, hans sinnen skapade troliga bilder baserade på hans förvridna psykes intryck. Han såg ondska där en normal man skulle se en kvinna. Ett dödens fordon som var en hyrbil från ett K-Inn motell skar över gatan, krossade en kvinna och hennes barn som för övrigt just åt glass. Sedan fortsatte fordonet ut i parken, ut i en damm och stod sedan stilla från det ögonblick vattnet trängde in i motorns elsystem. Elrod bara satt där och tittade på det stigande vattnet i bilen. Hans illa fungerande hjärna beordrade honom att sitta stilla, i sin kavaj och sina strumpeband.

Så avslutade en säljare livet för tre människor, och sitt eget. Han satt där och kunde inte förstå hur detta kunde hända. Varför?

I sanning.

Vid samma tidpunkt tog en samling ruskiga figurer färjan ifrån Gamla Stan till Skeppsholmen. De bar varsin portfölj. I portföljerna fanns vissa dokument och i den ena en ansenlig summa sydafrikansk valuta. Krugerrand. De tre männen gav intryck av att inte vara trevliga. De såg ruggiga ut.

"Så, kom nu. Inget tramsande…"

En av männen, den som verkade vara ledaren, pekade mot färjans för. De tre ruggiga individerna med sina små portföljer följde som lemmlar sin ledare utan att tänka. De var tränade att göra detta. De var mycket effektiva mordmaskiner. De var av sydafrikansk härkomst. Ledaren, en viss herr Schwartzkopf, verkade spänd. Den störste av de andra två männen, Herzog, hatade båtturer. Han hatade egentligen det mesta, förutom att misshandla folk. Han ansågs vara en mycket oartig och våldsbenägen man. Även i jämförelse med andra kriminella. Detta var bra. Bland kriminella ansågs det vara ett plus i kanten att vara ond. Lütz Hertzog var mycket ond. Herr Schwartzkopf, Wilmuth, var en av Sveriges ledande kriminella. Även han hade en 'boss'. En mycket, mycket gammal och torr person boende i en takvåning i närheten av det kungliga slottet. Denne man var en skugga. Ingen kände honom. Man ville inte känna honom. Han var dödlig. Han satt i rullstol och kunde inte andas utan syrgasmask. Ett långt livs rökande av starka franska cigaretter hade förstört hans andningsorgan. Trots sin oförmåga att ta sig runt utan sin skötare och en hel verkstad av hjälpmedel som höll honom vid liv var han ett as. Han var känd som kamrern. Man kunde likna honom vid en bläckfisk. Hans armar nådde i stort sett hela norra Europa. Ingen skriftlig kommunikation som rörde honom fanns. I sanning en skugga. Den tredje mannen i sällskapet, för att återgå till aktualiteter, var en viss Carsten Felder. Carsten var ägaren till en liten vinkällare på Ringvägen, i närheten av Skanstull. Han hade vissa Belgiska kontakter vilka visat sig användbara i det förflutna.

Så, de tre männen tog båten över till Skeppsholmen. De väntade i fören på att färjan skulle angöra kajen. När grindarna öppnats vandrade våra tre lemmlar upp för en liten backe, och vände mot Skeppsholmskyrkan. Deras chef, kamrern, hade ordnat ett möte med en av de ledande inom antika böcker och heraldik, en man som helt enkelt kallades Porter. Denne följdes av sin man, en viss Diaz. Diaz påminde mycket om Hertzog i det att även han var mycket våldsam. En påtaglig skillnad var dock att han var mycket intresserad av blomsterarrangemang. Diaz kom från en lång rad av florister. Porter äntrade scenen via bakdörren till en mycket mörk och ondskefull limousine. Bilens fönster var i praktiken svarta. Porter klev ur bilen samtidigt som Diaz började öppna förardörren och kliva ur. Porter väntade på att Diaz skulle komma ifatt och började diskret gå emot kyrkan. Ett antal deltagare vid konstakademien övade kroki vid en av bänkarna längs gångvägen. Schwartzkopf såg dem komma och sa åt sina underhuggare att vara redo för leverans.

Vid samma tidpunkt, nja kanske inte exakt samma, ge eller ta fem minuter, på andra sidan det kända universum levererade en underlig gammal man en bit papper till en annan gammal man. Det var ett uppsägningsbesked. Den förste gamle mannen, låt oss kalla honom Günther, hade en historia som trädgårdsmästare vid en mycket fin trädgård. Här på tellus hade det troligen motsvarat en slottsträdgård ungefär. En rak översättning från 'Salvano' hade dock blivit 'plätten' eller något i den riktningen. Salvano var huvudspråk i Pergotratto, en liten obetydlig nation på en planetoid sorgeligen känd som Magna Beta Minora i ut-

26

kanten av universum som vi känner det. Günther hade varit trädgårds-
mästare längre än han orkade minnas. Vissa tror att bara för att det står
skrivet i en bok, som det här, så måste det på något vis ha betydelse.
Vara logiskt. Inte nödvändigtvis i den ordningen. Detta skulle i det
sammanhanget kunna sägas vara ett exempel på när verkligheten visar
sig vara precis så ointressant och oviktig som den på några villkor kan
vara. Günther ville sluta vårda vegetabilier, blommor, buskar och även
buskage. Han hatade buskage.

"Jag säger upp mig, Berthold. Jag ämnar kasta mig ut i de oländiga
och vidsträckta ödemarkerna på Magna Beta Minora."

Berthold, som var Günthers chef, en timid och rofylld individ blev oro-
lig och tänkte på alla buskage som behövde trimmas.

"Men Günther, är du säker? Jag menar, vi är beroende av din exper-
tis vid trimningen av de ledandes trädgårdar." Bertholds ögon var som
smala strimmor, och hans andningsfunktion hackade som en gammal
papegoja. Man kunde även notera vätska, eller 'flegma', som sakta rann
ur hans öron. Eller rättare sagt rann ur vad som skulle ha kallats öron
på jorden, men som helt enkelt kallades Belto på Magna Beta Minora.
Salvano var ett svårt språk att lära sig. De spottande, hostlike utand-
ningarna gjorde det inte lättare.

"Jag har bestämt mig, och så får det bli." Günther spottade på pappe-
ret som för att försegla det, och Berthold höll det samt vek det tre
gånger mycket värdigt.

"Jag spottar mot din armbåge och dansar min sorgsna, sorgsna dans."
Han roterade tre gånger åt vad vi här på jorden skulle ha kallat väst,
och ylade ett sorgset stycke med det föreliggande mörkret i åtanke.
Med detta vände Berthold Günther ryggen och gick sin väg. Hans
skuldror skakade. En person härifrån skulle möjligen ha trott att han
grät. Så var dock inte fallet. Nej, Bertholds kropp arbetade helt enkelt
för att få Günther ur sitt system. Detta fick hans matsmältning att bli
heltokig och producera enorma mängder gas. Fjärtande var hans sätt
att ge uttryck för saknad. Günther kände däremot ingen som helst sak-
nad. Han var helt inställd på att undersöka de vidsträckta slätterna och
kullarna vid horisonten. Han var inspirerad efter meditation kring detta
att vara ett med naturen. Günther spottade på sina knän och stoppade
sina ballongliknande fötter i läderpåsar som han sedan knöt till. Han
tog på sig en basker samt ett par glasögon. Han tyckte detta fick honom

att se ut som en äventyrare. Slutligen la han sitt miniatyrpiano i en läderportfölj. Även detta då han ansåg att en sann äventyrare var en person som alltid hade ett miniatyrpiano i portfölj till alla partyn. Han var ett med sin nya personlighet. På andra sidan de vidsträckta Bergman slätterna kunde man se bergen resa sig och ge skugga åt de hyenaliknande kattdjur som befolkade slätterna vid vad vi skulle kalla hösttiden. Detta var den tid då jätte Escaladran (som var en strutsliknande varelse av däggdjurskaraktär) migrerade från fälten och slätterna till den västra sektorns vattniga bergssluttningar. Kattdjuren gömde sig vanligen bakom buskage eller trädstammar, varefter de hoppade fram och bet Escaladran i ett av dess bakben då den passerade förbi i full fart. Detta var en tämligen riskfylld taktik. Överlevnadsandelen bland kattdjuren var bara 3/47. Naturen hade ordnat det så att fortplantningen på den lilla planetoiden var anpassad till detta. Kattdjuret fick fyra gånger så många ungar som Escaladran. Den otrevliga fågeln fick bara en kyckling per kreatur av honkön. Lyckligtvis hade naturen även ordnat det så att de flesta småfåglarna var hönor. Den manliga delen av fågelbefolkningen hade ett trevligt liv. Günther kände till detta och ville vara en del av den mäktiga migrationen. Springa över de ruggiga fälten i odören av en miljon Escaladror som sprang och svettades ymnigt vid hans sida och andades häftigt medan dammet lade sig vid ankomsten till kullarna. Flödande vatten och flugor surrande. Något var troligen fel med Günther.

Som sagt.

Efter att ha anlänt till sluttningarna och nästan avslutat sitt liv som mellanmål åt en av de kattlika karaktärerna konsulterade vår vän sin ryggsäck och hade minsann kommit ihåg att packa en sandwich för att stå sig väl i åtminstone en dags äventyrande.

"Namnam…mycket trevligt detta." Sa han för sig själv. Sandwichen var en med en skiva Geldorf. Geldorf skulle kanske med lite god vilja kunna kallas ost. Jag antar dessutom att man med fantasi och lite av samma goda vilja skulle kunna njuta av denna Geldorf som ost substitut. Inte Günther förstås. Eller hans artfränder, eftersom de inte visste vad ost var. Och varför skulle de det? För dem var det 'Carga', varken mer eller mindre. Och de avnjöt det som just detta. Carga. Äventyret var tufft för honom, och som resultat skulle han i deras motsvarighet till gymnasieskolan bli en legend. Klasser skapade teaterpjäser om Günther. Sånger avhandlade hans mod. En tv show dedicerades till vad man gissade att hans liv måste vara där borta vid de mäktiga bergssluttningarna. Under all denna upphetsning spenderade vår vän sin tid med att försöka odla grönsaker samt tämja ett par av de strutslike däggdjursvarelserna. Låt oss säga att han var bara milt lyckosam i detta. Växtligheten hindrades av bristen på solljus på sluttningarna, så det enda som växte där var en vitaktigt transparent planta av familjen Saucatidae Vegetarisk Flux. En växt påminnande om sparris. Men transparent. Så gott som smaklös och utan näringsinnehåll. Som du, käre läsare kanske förstår var ett näringsinnehåll motsvarande ett djupt andetag luft på inga vägar nog att hålla vår vän vid liv för någon längre tid.

"Detta är inte bra. Jag hade inte väntat mig det här. Hur katten ska man kunna leva så här…" Günther reagerade på situationen på det enda sätt han kunde. Han började gråta och kastade ett antal småstenar mot en större stenklump som fanns ungefär tre meter bort och en aning åt sydväst. Günther hade ingen kompass, så han visste inget om detta. Vilket är helt ok för mig, och troligen hade varit detsamma för honom om han hört detta. Sammanfattningsvis kan man säga att medan de lokala gymnasieungdomarna firade Günthers mod satt han och hungrade i skuggan av ett berg. De kattlika djuren fann honom snart intressant och började äta upp hans armar och bollika fötter. Efter ett tag var han bara en skrikande torso med huvud. Han slutade snart skrika. Det enda som blev kvar var hans anteckningsbok. Det var hans favoritanteckningsbok. I den hade han skrivit flera påhittade historier om en ensam hjälte som färdades över en slätt mot ett bergigt område. Väl där fann hjälten ett rymdskepp som han lagade och flög iväg till andra sidan universum. Han beskrev i historierna hur hjälten brukat ett mycket explosivt material och byggt en motor som de facto var en enorm bomb designad för katastrof. Anteckningsboken blev vad som utlöste en kedja händelser som slutade med utraderandet av en hel civilisation på en liten planetoid i utkanten av det kända universum.

Hör bara; De stackars invånarna på planetoiden satte samman ett sökteam för att färdas över slätterna sökandes efter Günther, för att se vad framgången gjort med honom. De tog sig över slätterna, de letade i veckor men fann inga spår efter Günther. Till sist såg en av de sökande något som fladdrade till i en plötslig vindpust.

"Se där, något som fladdrar i vinden."

De andra stannade och kisade mot vad som verkade vara en anteckningsbok. Det var minsann en anteckningsbok. Inte vilken gammal anteckningsbok som helst, utan den anteckningsbok som innehöll Günthers historier om hjälten på väg.

"Detta måste vara hans loggbok. Se, han lämnade instruktioner så vi kan följa honom."

Det är sorgligt. Verkligen sorgligt, hur en hel civilisation är dömd att sluta existera bara för att en äventyrlig individ inte var så särskilt intelligent. Nåja, det är vad vi har i alla fall. En sökgrupp som tar med sig en anteckningsbok fylld av fantasier, och någon som säger 'det här måste vara sanning. Det är av hans hand'.

Konstruktionskommittén lyckades bygga rymdskeppet även om de inte förstod något av det. Man lyckades även samla ihop alla nödvändiga sprängämnen. Skrämmande mängder. Man lastade den enorma konstruktionens skrov. Man samlade samtliga kvarvarande individer på planetoiden och gjorde sig redo att lämna den lilla och i sanning tråkiga planetoiden.

"Vi har samlats här idag för att ta det slutgiltiga steget ut i det okända. Låt oss förena våra lemmar och hålla i varandra medan Elworthy Phlegm trycker på knappen för att starta upp detta fantastiska skepp då vi ger oss iväg dit där ingen färdats förr. Elworthy, tryck på knappen med ordet 'framtid' skrivet på den i min handstil. Tryck!"

Conrad Starks ord fick allt att framstå i ett förlåtande ljus. Ljuset var 1876 grader varmt. Varmt nog att smälta metallen skeppet var byggt av.

Detta var resultatet av att enorma mängder av det mest explosiva materialet de stackars invånarna på en numera icke existerande planetoid de facto gjorde det det skulle. Exploderade.

Där ser man att man inte bör ta orden i en bok för sanna utan att ifrågasätta det hela. Det var precis det som avslutade åtminstone en civilisation.

Medan vi tog den här vägen istället för den kortaste från a till b, från leverans av vissa dokument och andra stulna varor bakom en kyrka i

Stockholm hade våra vänner i Milano tagit en buss till Centralstationen. De var på väg till Sicilien för att hälsa på Chlôes släktingar och möta vissa medlemmar av scooter väv styrkan. Reparatörsgänget som spenderade sina dagar och det mesta av nätterna med att jaga sprickor i den fina väv som innesluter den värld vi känner i en dans av ljus och mörker. En cirkus av illusioner. En tågresa genom Italien med start i Milano, modehuvudstaden, och mål i Palermo som var del av ett annat Italien där närheten till Afrika gjorde detta till ett brofäste mellan kungar och drottningar från norr och syd. Caesar och Antonius tog denna väg till det mytiska Egypten och den magiska Cleopatra. Klimatet på Sicilien var alltid en blandning av södra Europa och Afrika. Hetta och damm reflekterar personligheten hos de män och kvinnor som bebott ön från antiken till idag. Farmare och fiskare kämpande mot klimat och stormars vindar. Det kriminella syndikatet, la Cosa Nostra. En gång skapat som ett senare ridderskap erbjudande skydd i utbyte mot tjänster. Senare förvandlat till ett monster invaggande samhället i skräck och förstörda liv. Tynande hopp.

Elvis och Chlôe skulle inte behöva hantera dessa män. De var på väg till ett helt annat möte. Ett som innefattade god mat, underlig poesi och scootrar.

Jajamen.

Kapitel 6

Tåget anlände till Palermo en onsdag eftermiddag. Chlôe tog ett djupt andetag. Hon kunde känna i varje atom av sig själv att detta var hennes hem. Luften var fylld av det salta havet. Öns kryddor och blommor blandat med mixen av språk, och en dialekt från något nära det gamla Italien, Rom, som var annorlunda. Hon uppskattade känslan och accepterade att hon nog aldrig skulle bli helt italiensk. En del av henne skulle alltid vara bitvis ön omgiven av vatten. En bit Afrika och en bit av Europa. Bådadera och varken eller.

"Mår du bra, sköna dam?" Elvis vidrörde hennes hand.

"Si. Molto buono." Hon log. Ett totalt avslappnat léende. Man kunde se att allt var bra.

"Jag tror det här blir väldigt bra." Viskade hon.

Det var ett trevligt hotell från 1937 med utsikt över havet som hade bevarat den där speciella sekelskifteskänslan. De log och gick uppför trapporna till lobbyn. Disken var mörk mahogny med inläggningar av en caesariansk profil.

"Vi ska checka in. Karlfeldt och Lavigne." De log åt ljudet av sina namn tillsammans.

"Här, tre nätter, 304, dubbelrum, dubbelsäng." Receptionisten gav dem nyckelkortet.

"Signera på raden här."

De skrev på. Elvis tyckte deras namn såg trevliga ut tillsammans. Lavigne och Karlfeldt.

"Ska vi…" Elvis tog hennes väska och de gick till hissen. Hisspojken öppnade dörren och frågade vilken våning de skulle till.

"Tre." Svarade Chlôe. De klev ombord och pojken stängde metalldörrarna bakom dem. Den gamla hissen rörde sig lugnt till tredje våningen. Elvis tackade och släppte en slant i hisspojkens utsträckta hand. Denne nickade och öppnade dörren.

"Ha en trevlig dag."

"Tack detsamma." Sade Chlôe.

De gick till rummet tvärs över korridoren och klev in. Det var ett trevligt och rymligt dubbelrum. TV, vattenkokare och minibar.

"Ser trevligt ut." Sade Chlôe och kände på sängöverkastet.

"Det gör det", sade Elvis, "låt oss nu bara komma i ordning och sedan få oss lite middag om möjligt." Han inspekterade listan över restauranger i närheten.

"Det finns en trevlig pastarestaurang ungefär 20 meter härifrån", sade Chlôe, "vi kan gå dit och se om de har ett bord, men de är vanligtvis ganska upptagna."

"Låter bra", sa Elvis, "jag ska bara raka mig. Klockan fem skuggan, vet du."

"Ok, jag väntar här." Sade Chlôe och satte sig vid ett skrivbord. Hon lyssnade på utsidans ljud. Havet. Bilar på väg förbi. Några tjattrande måsar. Hon älskade ljudet av Palermo. Ljudet av rakapparaten väckte henne ur dagdrömmen. 'Jag måste snart ha kaffe' tänkte hon.

De gick över gatan till vänster mot restaurangen. En plötslig bil körde fram bredvid dem. Bakre högra fönstret öppnades.

"Det kommer att bli blod." Den underlige solglasögonmannen vickade sin hatt och den mörka limousinen försvann västerut.

"Vad var det om?" Chlôe såg lite orolig ut och bet sig i läppen.

"Ingen aning. Jag såg någon som påminde om den mannen i London för en månad sedan", sade Elvis, "han verkar ha något med personerna vi hade problem med i Stockholm förra året att göra. Kamrern."

"Oj då, jag hoppas de lämnar oss ifred, men om inte kan jag prata med någon.." Chlôe föredrog att inte blanda in familjen, men Elvis visste att om det blev nödvändigt skulle hon inte tveka att prata med Don Alessandro om det. Och han i sin tur skulle inte tveka att ge bråkmakarna ett erbjudande de inte skulle vilja tacka nej till.

Elvis tänkte på hur bra det var med släktingar. De glömde problemen för kvällen. Pasta väntade på att bli avnjuten. De lyckades få ett bord en bit från entrén.

"Vinet är på huset, fröken Lavigne."

Ibland är släkten inte värst. Middagen var ypperlig. En Pasta Con Sarde som kunde smälta på tungan. Salladen var färsk, Pesce spadan var en glädje. Desserten bestående av cassata med kockens vaniljglass var helt osannolik. Allt som allt en perfekt kväll. När Elvis ville betala fick han beta att notan var betald.

"Jag tror de känner min farbror." Chlôe använde sig aldrig av sitt namn, men om hennes farbror pratat med folk så fick det väl vara så... Elvis eskorterade sin dam tillbaka till hotellet efter att de tackat ägaren för en mycket trevlig kväll.

"Vilken trevlig kväll." Sa han till hennes rygg då hon hängde sin lätta kappa på en galge.

"Ja", svarade hon, "men jag skulle ibland föredra om farbror Alessandro vore lite mer diskret."

Han vidrörde lätt hennes skuldra;

"Mmm. Men du vet, han vill bara vara trevlig." Himlen reflekterades i hennes ögon. Elvis tänkte att han nog aldrig sett något så vackert.

"When the moon hits the sky..." Elvis nynnade den gamla slagdängan. Chlôe höll hans arm nära.

"Kom närmare, jag fryser." Hon tittade in i hans ögon. Den där känslan hon mindes från London mötet grep dem bägge.

Elvis kände hur han drogs in i de där sammetsbruna ögonen. 'Varje gång som den där första gången', tänkte han.

"Dina läppar är sötare än något jag någonsin smakat." Viskade han. Det var magi i luften, som alltid då de möttes.

Under tiden...

Privatdetektiven Leonard Carlton, om ni minns honom från början av den här genomgången av våra dansare i nattens liv och öden, hade fortsatt sin jakt. Spåret från södra London till Stockholm igen och så småningom till Italien hade svalnat betänkligt.

"Så, min gode man, vi spelar svårfångade, eh!" Leonard borstade håret från ögonen. Han var på G. Han gillade sitt yrkesval, och förvirring klädd i violindress fick allt att skina ljusare. Ett sällsamt piano kompat av bas och munspel gled förbi. Han var upptagen med intervjuer av lokalbor i Milano, som sade sig ha mött Chlôe;

"Una italiana." En italiensk dam, sade de. Leonard stannade till vid en liten cafeteria för en kopp espresso.

"Det här kaffet är storslaget." Sa han till kyparen.

"Si, è perfetto."svarade mannen och nickade mot koppen.
'Jag gillar människor som kan sitt kaffe', tänkte Leonard, 'det särskiljer
en gentleman från ett råskinn.' Leonard noterade jazzen som ström-
made från de dolda och mycket smakfulla högtalarna. 'Les etoiles'. Me-
lanie Babette. Trevligt.
"Jag tror de var på väg mot Palermo senast jag hörde något."
En saxofon vävde ett intrikat mönster av vill och vill inte. Luften blev
plötsligt tät av möjligheter. Leonard sände ett telegram till sin arbetsgi-
vare, herr Conrad Betelgeuze Karlfeldt.

/Elvis åkt palermo/m lavigne sällskap/ytterligare info asap/l carlton
pd/

Leonard ordnade tågbiljett till Palermo. Flyg skulle ha varit snabbare,
men Leonard var en gentleman. Ett av de främsta kännetecknen för en
sann gentleman var enligt Leonard att denne alltid föredrog tåg framför
flyg då så var möjligt. Mycket ociviliserat det där flygandet. Åtminstone
om man frågade Leonard Carlton, privatdetektiv.

'Dans un ile' flödade från de dolda högtalarna. Livet var som nöjets
dimmor. Ett léende och en hemlig framstöt.

Receptionisten tog Leonards nyckel.
"Grazie, signor Carlton."
"Prego." Leonard njöt av den italienska språkmelodin. 'Gudars och
kejsares språk' tänkte han. Tågresan till Palermo var ett nöje. Det itali-
enska expresståget med sin ypperliga restaurangvagn gjorde honom
alltid glad. Menyn inkluderade rätter som Risotto Milanese, Osso Buco,
Cannoli, och dessutom en ypperlig vinlista.
På det hela taget en motsats till bulgariska expresståg.
"È ottimo." Sade han till vaktmästarn, som hav honom tummen upp
och vandrade iväg för att hämta desserten.

Efter vad som får sägas vara en bekväm sömn för att vara på ett tåg,
gjorde vattnet som skiljde av Sicilien från stövelkanten att en båttur blev
nödvändig. Leonard uppskattade båtturer.
"Jag uppskattar verkligen en trevlig båttur då och då." Sade han för

sig själv. Havet var tämligen lugnt, och överfarten tvärs messina sundet från Villa San Giovanni var ett nöje. Leonard rörde vid sin haka. Rakningen var perfekt. Eller åtminstone så perfekt det nu var möjligt under rådande omständigheter, tänkte Leonard och återkallade i minnet det tämligen diffusa ljuset i tågkupén. 'Att resa är en utmaning' tänkte han. Madeleine Pardoux' 'La Javanaise' fick luften att vibrera. Bilturen i hyrbil från Messina till Palermo var trevlig. Längs A 20 fanns en mängd vägrestauranter och små matställen. Han anlände till D'Agosto B&B vid Via Roma vid sjutiden på kvällen. Receptionisten bar en mängd léenden och informerade om middagen och frukostsittningarna i matsalen bredvid.

"Mille grazie, Signora." Sade Carlton som hade övat in några behändigare fraser.

"Prego, de nada, think nothing of it, de rien", svarade en leende Alise De Physalis, "and it's Signorina." Tillade hon.

"Signorina." Sade Carlton, vidrörde hattbrättet samt gick mot hissen.

"A dopo." Lade han till.

"A dopo."

Se där, hur udda mönster av artighet och tradition kan överbrygga inte bara fysiska avstånd, som Messinasundet, utan även föreställda avstånd emellan människor av olika nationalitet och bakgrund. Man märker de facto hur en privatdetektiv från London och en receptionist vid ett hotell i Palermo närmar sig varandra. Hur otroligt det än verkar. Men först en kopp kaffe. Una tazza di caffè, som den italienska släktgrenen kanske hade sagt.

Detta för oss till nästa kapitel. I det kommer vi att notera hur en stockholmsk anknytning krockar med Conrad Betelgeuze Larsens, Elvis fars, avsikter, då denne försöker få sin son att närvara vid en familjesammankomst i Johannesburg, Sydafrika. Detta, som vi kommer att bli uppmärksammade på, är något Elvis har mycket liten lust att deltaga i. Hans intressen dirigeras i riktning mot en viss italiensk dam, och distraheras dessutom av utomvärldsliga personligheter vilka passerar förbi då och då på sin väg mot någon reva i väven som håller allt det vi tror är vad det verkar vara på plats. Ett underligt café kan möjligen dyka upp utanför Johannesburg, Sydafrika. Men nog nu om detta, så din enda chans att få veta mer är nog att läsa nästa kapitel. Ok.

Kapitel 7

Telefonen ringde.

Ingenting.

Telefonen fortsatte ringa i ungefär en minut.

Ingenting.

Uppenbarligen hade den som ringde gett upp hoppet att få kontakt med vem det nu var de ringde, för telefonen slutade ringa.

Hade vi stått på golvet bredvid telefonen som precis slutat ringa hade vi vetat varför ingen svarat. Den enda personen i lägenheten med ovan nämnda telefon låg död med huvudet inslaget med en golfklubba. En järnfemma med ett litet klubbskydd i form av en stickad kattunge pådraget. Kattungen var indränkt i blod och hjärnsubstans.

Det var för hemskt.

Mannen som låg död i hallen till en trerumslägenhet på Dalagatan 17 på söder i Stockholm var en viss Erwin Gottlieb, även känd under namnet 'Gotti' i vissa sammanhang med länkar till Wien i Österrike och året 1928. Länkar till vad som skedde på vissa caféer och vad som planerades och beslutades av vissa människor i vissa politiska kommittéer på högerkanten av den tidens politiska spektrum. Gotti hade varit den man kontaktade om man ville bli av med någon eller något, eller ville hitta någon eller något. Det var hårda tider och bara de grymma visste hur man överlevde. Ja, bara de grymma hade så lite empati som krävdes för att vinna. På ytan var den politik dessa män praktiserade helt i enlighet me lagen. Där bakom kunde dock en blodröd sida skymtas, som man inte talade om öppet. Det fanns ingen möjlighet för den gamla politiska eliten att hålla dessa individer under kontroll. De ansåg sig förödmjukade av vinnarna i det tidigare kriget. De stora imperierna och hela samhället skakade. Gamla fundament av aristokrati och prästerskap misslyckades att möta kraven från en ny tid. En liten man med en underlig mustasch såg det där och kände också förödmjukelsen från förlorarna i ett krig mellan de gamla styrande skikten. Hungriga efter en ny ledare, en röst som talade med dem och gav svaren på nya frågor var folk lätta att attrahera. De som såg att det var något fel med rörelsen skulle snart få lära sig att ett möte med Gotti inte var något de önskade.

Då rörelsen växte och rörde sig till Tyskland och ledde till vad vi känner som det stora kriget, fann Gotti en fast punkt i organisationen. Han skulle få ansvaret för träning av männen närmast ledaren. Den personliga vakten.

Kriget slutade, som alla vet, inte riktigt som dessa män ville, och herr Gottlieb, Gotti, avvek mot grönare ängar efter att ha förstått att det nog vore dumt att stanna i Berlin efter 1943. Han lämnade sin ledare och reste till Sverige via Danmark. Vissa av officerarna i hans kretsar hade flickvänner inom finare svenska familjer, varav vissa i den absoluta samhällstoppen. Så, vår vän Gotti hittade vägar att försvinna för ett antal år. Då väl dammet lagt sig och världens ögon riktats mot andra nyheter; Korea, Grisbukten, Donahue etc, kunde han åter flyta upp till ytan utan att riskera problem länkade till hans vidriga brott under kriget. Nu låg alltså en gammal man känd som Gotti bland sina bekanta död på hallgolvet i en lägenhet på Dalagatan i Stockholm. En av hans grannar var faktiskt en man som räddats under kriget av en svensk hjälte. Denne man var skräddare och sydde de finaste kostymer. Hans religion var en ledarna i Tyskland på 30-talet bestämt var ond. De två brukade nicka och heja i trappuppgången. Bägge tog de sitt kaffe svart.

Där. Se ödet leka med oss stackars människor.

'Men hallå?' Kanske den intresserat djupsinnige läsaren tänker. Oroa er inte, detta kan verka orelaterat just nu, slöseri med både papper och er tid. I sinom tid kommer allt att falla på plats. Länkarna mellan Stockholm, London, Milano, Palermo och Johannesburg kommer att bli tydliga.

Och så beger vi oss ned genom den underjord som är Stockholms kriminella nätverk. En gammal man i rullstol med allvarliga andningsproblem sände en not till en kontakt i Belgien.

/Problemet hanterat/Stop/

En sekreterare skrev ut meddelandet på en pappersslip vilken han sedermera placerade i en handgjord portfölj från Messrs Wilton & Cartreille Inc i Oxford. Lädret naturligtvis Zebra. Ingenting annat var tänkbart för en EX 07, kombinationslåsmodellen. Sekreteraren, en herr Everette Shou, klappade ömsint portföljen.

"Vi ser bra ut tillsammans, Molls." Viskade han då han vred sin snurrstol mot dörren. Efter de slutgiltiga förberedelserna, dvs stoppandes av en kulspetspenna i sin bröstficka bredvid handvävda linnenäsduk från A.M Willard Couture i Liege lämnade han kontoret och tog till vänster för att sedermera anlända vid E.M De Klerk Jr's revisor för norra Europa och Afrika, dörr.

"En slip, herr De Klerk." Sekreteraren dröjde ute i den sparsamt belysta korridoren till dess han ombads stiga in. Detta var något företaget här endast känt som 'Företaget' Höll hårt på i träning av Hjälpredor och sekreterare. Detta, vilket jag tar för givet att du förstår, beroende av den känsliga natur mycket av informationen inom den geografiskt bundna hanteringen innefattade.

"Stig på." Rösten var mjuk utan att vara meningslös eller fånig. Detta naturligtvis som resultat av åratals fintrimning inom Företagets avdelning för yttre förbindelser, såväl som av den djupa tillfredsställelsen vetskapen om vikten av ens dagliga värv för en relativt omfattande grupp människor de facto innebar. E.M De Klerk, m De Klerk för sina kolleger samt interna förbindelser, justerade sin bouttonniere samt hostade lätt för att rensa halsen.

"Ja, Oui, låt mig se." Han sträckte sig efter slipen sekreteraren höll helt lätt. Sekreteraren noterade att revisorn verkade nöjd med vad han läste.

"Bien, så nu kan vi kanske lämna detta bakom oss." E.M De Klerk kände sig nöjd och placerade slipen i 'Att Göra' boxen.

"Bra. Jag tar hand om det. Gå nu härifrån." Han viftade med sin vänstra hand som för att jaga iväg sekreteraren.

"Rätt så herrn." Sekreteraren stod i givakt i ett ögonblick, för att sedan vända sig om och försvinna i korridorens dimmor. Mattorna var tämligen mjuka för att vara en företagskorridor. Detta var en strategi adopterad av företaget endast känt som Företaget.

Då slipen så småningom fogades till liggaren och bekräftades av högre nivå kunde den arkiveras i den enorma Norra Europa och Africa sektorn av arkivet. Arkivet som sådant var byggt under en bergig region av sydöstra Belgien. Arkivets hallar hade en gång skapats av det tyska överkommandot som en sista utväg om östfronten skulle kollapsa. Det hade de facto varit lager för majoriteten av tyska Wehrmachts pappersarbete. Företaget här endast känt som 'Företaget' grundades faktiskt en gång på bas av lämningarna efter en hemlig division inom tyska överkommandot med enda uppgift att bevara en liten inte så rolig man med en tämligen rolig mustaschs ondskefulla planer. Grundarna hade i stort sett upphört att existera beroende på hög ålder, dödsstraff eller självmord. Ett antal blev belastningar för företaget endast känt som Företaget. Vår bekante Gotti i Stockholm var ett sådant fall. Kamrern i sin rullstol var, vilket ni möjligen anat vid det här laget, ännu en av företaget etc's kompanjoner och en av få grundare som fortfarande är ibland oss. Han hade tjänat i en organisation med syfte att handha stora mängder mänskliga transporter igenom Europa i syfte att bidra till vad som var känt som den 'slutgiltiga lösningen'. Han hade attackerats av en fiende som var villig att använda alla medel för att stoppa hans affärsidé. Gasen han utsatts för hade gjort hyn mycket känslig, och hans andning som resultat mindre väl fungerande. Sextio års rökning hade inte gjort det hela bättre. Han spenderade det mesta av sin tid med att hata folk och ignorera världen. Han njöt aldrig av musik, och om han gjorde det lyssnade han bara på underliga och mycket patetiska inspelningar av en viss man från Bayern. En viss Hector Gutemunde. Hector Gutemunde var troligen den mest talanglöse musiker som någonsin lurats in i en studio. Han kunde ingen musikteori, eller om han gjorde det fick hans totala avsaknad av känsla allt han spelade på sin tuba att låta vedervärdigt. Hector hade varit vän med en av trädgårdsmästarna vid ett hus i bergen där en lustig liten man, ja hans mustasch var i alla fall lustig, brukade semestra från sitt jobb som pestsmitta på jorden. Trädgårdsmästaren talade med en person som kände en kvinna känd här endast som Eva, och hon beordrade en studio att ordna inspelningen av tubageniet så hon kunde ge denna raritet till sin mustaschprydde pojkvän i julklapp. Hon fick det att ske, och tubaisten blev känd i vissa kretsar. Mannen med mustaschen hatade tubamusiken, vilket han även lät Eva förstå. Som konsekvens blev Hector Gutemunde skjuten vid första anblick. Vår vän kamrern hade lyckats lägga vantarna på vad man sade vara det enda inspelade mästerverket av ett snille från Bayern. En man - lät man förstå - som de facto presenterats för mustaschen timmar före sin olyckliga död. Som resultat av detta beslutade sålunda vår vän kamrern att detta måste vara mycket fin musik. Han begrep inget av det, men behöll det som en skatt. Varje gång han fick tillfälle skröt han om att han var ende ägaren till en inspelning av ett geni, en tubaist som spelat för hans före detta arbetsgivare. Den lille mannen med den lustiga mustaschen. Han hävdade att det var superbt. Folk som tvingades lyssna på eländet trodde han var galen.

Kamrern hade sänt två man att hantera problemet Gotti. Han hade hoppats de skulle vara diskreta och sänka honom i vattnet i Nybroviken. Männen han sände beslutade dock att avsluta Gottis vara på ett betydligt mindre diskret sätt. Vi vet redan att dessa män varit inblandade i historier med bokhyllor och hundar, äldre damer i hissar etc. Hertzog lät en hammare tala om för den gamle mannen vad som var vad, något som förstås fick ordentligt med uppmärksamhet i pressen. Detta var något den Belgiska avdelningen tyckte var mindre bra. Kamrern sände efter männen, och tog en pratstund med Hertzog, som lovade att detta inte skulle upprepas. Hertzog svettades även rikligt. Möjligen som resultat av att han förbjudits att använda hissar efter ett tidigare debacle vilket resulterat i en trevlig gammal dams död i en hiss. Resultatet av detta möte blev i alla fall att Hertzog tvingades ta en tur till Belgien för uppsträckning. Man hade redan investerat såpass mycket i honom att man såg sig nödgade att åtminstone försöka få fason på karln. Vi kommer alltså i nästa kapitel bli varse hur en medioker svensk gangster hamnar hos ett företag känt som Företaget i Antwerpen, samt hur han lär sig att ett arkiv kan vara mycket större än södra Stockholm, och att man alltid ska vara snäll mot hisspojkar. Alltid.

Kapitel 8

Det här kommer att bli kapitel 8. Kapitel 8 är det kapitel i vilket vi lär oss hur stökigt det kan bli om anställda tänker för lite. Eller för mycket, men på fel saker.

Transfern ut till Arlanda från centrala Stockholm tog en timme eller så. Hertzog spenderade tiden med att läsa lite flamländska då han förstått att det skulle man tala i Antwerpen. Han mindes en tidigare visit till Belgien och Nederländerna, då han av misstag stoppat en städerska i en sopkomprimator. Mycket otrevlig historia. Han förstod aldrig upprördheten. Efter ankomsten till flygplatsen gick vår vän och kriminelle till sin gate och tog sig en öl. Efter ölen tog han en whisky. Hertzog uppskattade inte att flyga så han föredrog att sova sig igenom eländet. Utropet att ombordstigning påbörjades kom som en välsignelse. Hertzog ville sova. Väl ombord dåsade han och sov fram till landningen i Bryssel, där han fick byta till buss för vidare befordran till Antwerpen. Hertzog hatade redan denna resa. Han mindes det underliga kontoret i Bruges. Herregud, den där kvinnan vid receptionen.

"Jag hatar det kontoret." Hertzog hade aldrig långt till hat. "Och hissen vid hotellet. Hertzog var på vad man brukar kalla dåligt humör. Han kände även en aning av en baksmälla, så han tänkte på en lobbybar eller liknande. Gamle gode Hertzog.

Därute spelade en jazzare Birds on a Wire. Solen försvann dit där solar försvinner för en tupplur.

Hertzog sov som en överviktig kriminell med sydafrikansk rötter som sänts till rektorn för dåligt uppförandes sömn. Han vaknade till ett skrik av solljus som gjorde ont i hans röda ögon.

"Åh, kära nån, vad har jag gjort för att förtjäna detta."

/Du har varit en stygg pojke, Hertzog, en riktigt stygg pojke./

"Vad, vem är du? Vad gör du?" Hertzog började bli orolig, höra röster…kära nån.

/Vem jag är, nåja, låt oss säga att jag är den som bestämmer vem som ska leva och vem som ska dö. För att summera det hela så har du blandat dig i ett manus som skrevs långt borta och för länge sedan./

Vid det här laget var vår vän Hertzog allvarligt oroad. Han funderade på om han faktiskt hade blivit tokig av sitt drickande. Delirium. Han hade förmodligen tagit sig själv av daga om han anat vad som egentligen stod på. I likhet med de flesta människor hade Hertzog en vag idé om att han hade tanke-, åsiktsfrihet och frihet att uttrycka detta. I likhet med de flesta människor hade han naturligtvis fel. Du, käre läsare, och jag, vet att detta är fel. Det mesta som sker i denna stora och gamla värld är predestinerat. Bestämt i förväg. Komponerat från ett storyboard skapat av ett par gråskäggiga gamla griniga män på planeten Cortez 18 någonstans därute i Vintergatans östra spiralarm. Ibland krånglade maskineriet. Ibland föddes individer med riktig personlighet som störde existensens status quo. Vi har mött vissa av dessa. Elvis & Chlôe. De var två fria andar som hade verklig tankeförmåga. Om man ser tillbaka på livets utveckling på jorden är det lätt att notera hur vissa livsformer helt enkelt varit för egensinniga för att få fortsätta existera. Dinosaurierna till exempel. De hade börjat fint, men utvecklingen lämnade mycket i övrigt att önska. Ok, det var inte så mycket tankearbete på gång där kanske, och det kan nog ha varit bra. Å andra sidan var de relativt enfaldiga. Relativ enfald är lätt att hantera hos en geckoödla. Samma enfald blir något helt annat hos en T-Rex på 14 ton. Dessutom, spelarna av spelet vi känner som verkligheten uppskattade inte det faktum att om de lade till en spelpjäs skulle den omedelbart bli trampad på eller uppäten och sluta existera. Detta innebar såklart problem, och efter lite funderingar och ett par koppar kaffe bestämde sig spelarna att ta ödlorna ur spelet. Man behöll ett par mindre kolleger, som krokodilen och geckon exempelvis. Där hade funnits ett par mer närliggande exempel. Den lille obehaglige mannen med sin lustiga mustasch, till exempel. Där har vi ett bra exempel på när graden av fri vilja hos spelpjäserna visar sig riskabel. Detta kunde inte accepteras. En av de andra pjäserna, låt oss kalla honom Erling, gjorde sig till en idé. Han fick sig själv att ta formen av en idé hos den lille mannen med mustaschen. Idén var att den lille etc skulle avsluta sitt eget liv. Det fungerade ypperligt. Den lille etc mannens hjärna fungerade dåligt på grund av en mängd dåliga kemikalier han introducerat för sitt system. Detta gjorde den lille etc ännu mer galen än tidigare. De flesta boende på planeten var mer eller mindre galna. Nåja, de äldre männen på planeten långt borta gjorde av med honom. De lyckades även avsluta den stora oreda mannen skapat. Ett antal andra spelpjäser, vissa som varit del i den stora oredan, var ännu med i spelet. En av dessa hade bara ett par dagar tidigare blivit ihjälslagen av vår vän Hertzog.

Så kan det gå.

Taxin som tog Hertzog från hotellet till företaget endast känt som Företaget lämnade en hel del i övrigt att önska. Hertzog hade inte många krav rörande transportmedel. Men fordonet i fråga, en sedan från -83 med rosthål stora nog att kasta hatten igenom - så länge det inte var en väldigt stor hatt - var avskyvärt.

'Kära nån', tänkte Hertzog, 'kära nån, kära nån...' Hertzog var, som ni käre läsare kanske gissat, en man av få ord. En plötslig ljudlig smäll fick honom att kasta sig ned på golvet och misstänka beskjutning. Med tanke på Hertzogs huvudsyssla är det kanske lätt att förstå.

"Oroa er inte", sa den skäggige föraren," bara en punktering, det ordnar jag."

Föraren svängde åt sidan och klev ur för att fixa skiftet.

'Gud', tänkte en trött Hertzog, 'varför detta...' Han stirrade på den skäggige som jobbade hårt med att ordna upp situationen. Efter vad som verkade vara omkring 20 minuter, men som egentligen var endast sju, klev föraren in i taxin och startade upp fordonet. De var snart på väg mot entrén till företaget här endast känt som Företaget.

Hertzog hatade redan denna resa, och min gissning är att hans möte med en av företaget endast känt som Företagets förmän för en föreläsning och instruktioner rörande befälsordning etc inte skulle ändra denna inställning.

Fordonet svängde vänster in på infarten till vad som skulle ha kunnat vara ett kommunalt kontor eller ett hotell i en av de större internationella kedjorna. Inget företagsnamn utöver 'Företaget' fanns på den diskreta skylten till höger om entrédörren. Hertzog brydde sig föga. Han spottade bara på en gul blomma, en blek maskros, som växte för sig själv omkring 30 centimeter från kanten på gräsmattan. Hertzog brydde sig föga om naturens under.

Dörrarna gled isär då detektorer kände av hans närvaro. En tämligen grundläggande konstruktion. Det var å andra sidan en beskrivning som passade även Hertzog alldeles ypperligt. Han imponerades alltid av det faktum att saker kunde fås att göra saker utan att där ens fanns någon som tryckt på knappen. Eller vridit om någonting. Han var ett sant barn. Nåväl, dörrarna gled isär, och Hertzog skred in i byggnaden. Lobbyn var enorm. Mattan var extremt tjock. Ett skrivbord i andra änden. Belysningen mycket diskret och ventilationssystemet var ett av de tystaste han aldrig hört. Erfarenheten påminde om att träda in i en katedral. Personen vid skrivbordet vid motsatta väggen var helt svartklädd förutom en vit polo synlig vid kragen. Hertzog fick en Flashback till den otrevliga visiten vid företagets lokaler i Brügge förra året.

'De måste använda samma inredare.' Tänkte han.

"Ja."

Hertzog snubblade nästan och kände sig liten i situationen och var dessutom inte van att tilltalas på detta direkt fientliga sätt. Han var oftast själv den som tillförde det fientliga elementet till situationen.

En humla såg en hel del av det som beskrivits ovan. Den engagerade sig föga.

"Man har låtit mig förstå att jag har ett möte vid elva med en viss herr Cardigan." Hertzog hostade och tittade på väggen bakom den svart och vitklädda kvinnan vid skrivbordet. Kvinnan slog en linjal i bordet och sa;

"Sitt och vänta i stolen där borta."

Hon pekade mot en liten röd stol bredvid en stor planta, en Palm vad det verkade. Hertzog insåg att stolen var för liten för en man av hans dimensioner. Han tänkte precis nämna något om detta, men då han öppnade munnen sa den svartvita kvinnan;

"A, a." Och lyfte linjalen, så Hertzog lommade bara iväg till stolen. Nu var han helt övertygad att de två kontoren använde samma inredare. Han hatade små stolar. Precis som i Brügge var färgen på stolen bara halvtorr, och han hade stora problem att klämma sig ned i den.

'De måste vara mycket små, Belgarna.' Tänkte han. En rad av vad som verkade vara katolska patrar gick heligt över vad som måste ha varit en upphöjning i golvet. En pojkkör kunde höras nynna heliga hymner någonstans i de mörkare delarna av denna lobby. Hertzog noterade en skål jordnötter, men efter en blick på den svartvita damen bestämde han sig att lämna skålen ifred. Hertzogs mage började kurra. Kören hade övergått till jazzpop hits. Jazz var aldrig heligare. Hertzog hatade jazz. Han tänkte satsa på jordnötterna istället. Hans utsträckta hand var på väg att ta en näve nötter då helt magiskt en dörr snett bakom och till vänster om honom öppnades. Han flög upp i givakt, och kände den röda färgen från den lilla lustiga stolen häfta vid hans akterkastell. Han noterade hur hans byxor hade lämnat avtryck i stolen. Röda fläckar täckte hans breda bakdel. Hertzog var inte det minsta road, men bestämde sig att inte bråka om det hela. Han hade rätt då han misstänkte att han aldrig skulle vinna ett gräl med företaget endast känt som Företagets representanter.

"Välkommen, vänligen följ mig in i interiören av denna komplexa byggnad, och allt skall redas ut." Orden verkade onödigt hårda i sammanhanget. Där fanns ingen Joie de vivre i den mekaniska röst som hördes från den mörkklädde pingvin som pekade ut en riktning mot dörren han just passerat. Hertzog viskade ett diskret;

"Tack, min gode man." Och passerade dörren till en korridor mot vem vet var. Ljuset var dimmigt, och man kunde höra jazz från några dolda högtalare någonstans där uppe. Mjukt klickande ljud hördes bakom de mörka, sammetslika väggarna. Hertzog misstänkte det kunde vara ventiler till ventilationen. Han hade rätt, vilket han naturligtvis inte hade någon aning om. Det kanske var bäst så, eftersom vår vän hade en tendens att bli självrättfärdig om han hade rätt. Han beundrade träarbetet och tapeten. Hertzog uppskattade väl utfört arbete.

"Fint arbete." Sade han och nickade mot väggen. Pingvinen sade;

"Mmm." Och tänkte för sig själv 'kära nån.' Han hade stött på typen förr. Han kunde för sitt liv inte förstå vad som fick dem att 'ticka'. De följde korridoren ungefär 500 meter, till en dörr med siffran 42 på.

"Vi är framme. Om ni sitter på den gula stolen därborta ska jag meddela att ni anlänt." Pingvinen indikerade en gul stol. Precis så liten och ful som den i lobbyn, och öppnade dörren märkt 42. Hertzog grimaserade och bestämde sig att inte sitta i stolen, utan förblev stående. Rösterna från det lilla kontoret verkade upprörda, pingvinen försökte lugna den ansvarige.

"Det skulle ha hanterats av Brügge, ja, men jag tror det nya samarbetsmönstret inkluderar en viss glidning av områden och begränsad diversifiering."

Den ansvarige officeren, herr Ludendorf (ingen släktskap) verkade mycket upprörd.

"Och hur, om jag får fråga, kommer detta att bättra på vår kontakt med sektion Stockholm? Jag tror detta blir ännu en av alla 'dead ducks' vi sett på sistone." Herr Ludendorf, eller 'Ludi' som hans vänner brukade säga för att göra honom glad, kastade något mot pingvinen. Hertzog såg det inte, men hörde pingvinen ropa 'aoch' och sedan en högljudd bang följt av någon med för små skor som sprang. Dörren öppnades hastigt och pingvinen, med blåöga, klev ut och talade om för Hertzog att han kunde gå in medan han gjorde sitt bästa att undvika hans blick. Hertzog log ett illvilligt leende mot den olycklige samt plockade upp sin voluminösa kroppshydda ur den lilla gula stolen.

"Välkommen, herr Hertzog." Sade en liten man med svart hår och mittbena på vänster sida. Mannen hade även en liten mustasch. Men inte kvadratisk, dock. Han skakade hand med den olycklige Hertzog som kikade på Ludendorf och inte verkade tro sina ögon. Hertzog satte sig i en liten stol som var ungefär två decimeter lägre än Ludendorfs. Detta var förstås medvetet. I rummet fanns sensorer vilka kände av alla besökares längd och justerade stolshöjden i enlighet med detta. För att hålla dem en decimeter lägre än Ludendorf. Ludendorf själv var, som sin historiske förebild, relativt kortvuxen och medveten om detta. Som sin lookalike använde han skor med extra inlägg i syfte att verka längre. Han var en liten man, och skämdes över detta. Liksom sin förebild hade han misshandlats fysiskt och inte minst psykiskt av sina föräldrar och hatade dem. Även han visste att om han inte själv skapade den fanns ingen plats för honom. Detta hade även gjort honom grym. Han var med andra ord perfekt att hantera bestraffning och korrigering vid företaget här endast känt som Företaget.

Ludendorf inspekterade mannen framför sig. 'Vilken ful person.' Tänkte han. Den odör vilken var resultatet av Hertzogs få duschar och densammes aversion gentemot bruket av deodoranter fick det att svartna framför Ludis ögon. Han lutade sig mot en bokhylla till höger och plockade fram en burk deo spray som han ställde på skrivbordet.

"Detta är en ypperlig deodorant. Jag kan rekommendera den. Hjärtligt. Inte dyr. Mycket trevlig." Han pekade mot burken och sedan mot Hertzog.

Hertzog hade börjat undra vid anblicken av frisyren och mustaschen. Nu var han helt säker, 'mannen måste vara helt galen.' Han bestämde sig att spela med, tänkte att det nog var bäst så.

"Mmm. Den ser ypperlig ut. Du använder den förstår jag?" Hertzog såg på den lustige lille mannen med sin inte fullt så lustige lookalike.

"Mmm, ja det gör jag, och jag rekommenderar den till alla med allvarliga odörproblem."

'Åh, herregud, tänkte Hertzog, han projicerar, bäst att spela dum.'

"Ja, det verkar vara en bra idé. Ni luktar inte mycket alls." Han tänkte att det nog var bäst att inte överdriva, och lade till;

"Bara lite dålig andedräkt, det är allt."

Ludendorf trodde inte sina öron. Han stirrade vilt på Hertzog och viskade;

"Herregud." Medan han höll så hårt i bordskanten att allt blod försvann från händerna som blev liljevita.

"Vi är här för att hjälpa er med era personliga problem vilka verkar hindra er från att utföra ert jobb på bästa sätt." Ludendorf startade den extra ventilation han fått installerad då det verkade som att vissa av hans klienter hade svårt med personlig hygien. Vissa hade även svårt med fina vinkar.

Hertzog, den enkle mannen, trodde att hans antydning haft avsedd verkan, och fick Ludendorf att förstå att han måste göra något för att göra livet enklare för sina klienter.

"Jag tror ni måste mena den olyckliga incidenten involverande en Tysk medborgare i Stockholm? Om så är fallet; ja, jag är ledsen att vi inte dränkte honom. Röret stod där i hans hall. Vad mera är, han var en mycket otrevlig person." Hertzog kunde inte förstå allt detta gnäll om en liten incident.

Ludendorf inspekterade honom och tänkte tyst att 'här har vi bevis för att neandertalaren ännu existerar.'

"Må så vara min gode man, men du hade dina order och vald att inte följa dem." Hans röst hade nu antagit en mer irriterad ton. Han undrade stilla vad hans överordnade kunde vilja att han gjorde med denna otroligt enfaldige man.

"Så, låt oss boka ett möte till imorgon för att fortsätta vår trevliga konversation, ok?"

"Låter bra." Sade Hertzog som inte hade en aning om att imorgon eventuellt kunde vara hans sista dag bland de levande i så fall.

Någon sade någon gång att det inte finns någon så lycklig som den lycklige idioten. Ni, käre läsare, skulle förstå och hålla med om den innersta meningen i det yttrandet om ni kände Lütz Hertzog. Eller dennes bror Erwin. Eller hans mor Beatha. Hans far är okänd så honom kan du inte känna. Ludendorf viftade med händerna efter Hertzog som om han jagade iväg en fluga eller liknande. Hertzog sa bara;

"Imorron, då." Och klev ut från det obehagliga kontoret. Han fann pingvinen utanför.

"Följ mig då." Sade pingvinen.

"Hmm." Svarade Hertzog. Vandringen genom den underliga korridoren var otrevlig. Hertzog hörde det där ljudet från ventilationen igen. Han tyckte verkligen inte om den här byggnaden.

Vi måste lämna vår olycklige och förvirrade Lütz Hertzog nu, men oroa er inte, vi återkommer senare och ser efter att allt är ok med honom.

Nu åker vi till Sydafrika. Vår hjälte Elvis pappa bor i Johannesburg, som är en riktigt stor och spännande stad. Där finns områden i stadens utkanter dit det inte är lämpligt att åka efter mörkrets inbrott. Vi kommer att åka dit, och det kommer att visa sig vara precis så underligt och ohälsosamt som väntat. Kanske inte av de väntade anledningarna, men ohälsosamt trots det. Så håll i era vad det nu är, och låt oss hoppa över kapitelbarriären till nästa.

Kapitel.

Kapitel 9

Hissarna suckade och förde en grupp på sju personer till våning 17 i Kleensmeister skrapan i centrala Johannesburg, Sydafrika. Herr Conrad Betelgeuze Karlfeldt, far till Elvis P. Karlfeldt, vår hjälte, försökte att hemlighålla sina känslor visavi personerna i hissen. Han tyckte inte om människor. Han var affärsman med ett enda intresse; att göra bra affärer. Han hade försökt få sin olycksalige son att följa hans fotspår och ägna sig åt affärer. Dessa ansträngningar hade rönt liten eller ingen framgång. Han såg sig om i hissen. De övriga i gondolen verkade höra till samma grupp. De diskuterade någon typ av litterärt konvent. Så långt allt väl, men vissa i gruppen verkade ha mycket bristfällig smak vad gäller after shave lotion.

"Herre Gud", sade Conrad Betelgeuze Karlfeldt, "kan någon ta ett samtal med den där pesten? Vid Gud, hav medlidande."

Hissen stannade vid plan 17 och Conrad Betelgeuze Karlfeldt hastade ut i den relativt fräscha ytan av ett väl ventilerat cubicle landskap plus cafe sektion. Han såg gruppen samlas vid en mötespunkt för kontorsturer, och kände en viss tillfredsställelse vid insikten att han inte skulle behöva ha med den odördrypande gruppen att göra. Han gick snabbt till sektionen mot öster där vissa högt rankade styrelseledamöter var stationerade. Dörren till hans kontor klickade av glädje då han stack i nyckeln och vred ett halvt varv medurs. Conrad njöt av känslan av den väl smorda och injusterade dörren. Det var ett mästerverk av fin ingenjörskonst, tänkte han.

Fröken Schenkmann, hans sekreterare, log då hon såg honom. Hon insåg hur lycklig hon var att ha blivit tilldelad honom, som hon brukade uttrycka sig. Han var generös och köpte presenter varje jul och födelsedag. Hon visste förstås att han inte gjorde det själv, men tanken var trevlig.

"God dag, fröken Schenkmann", sa han, "vilken trevlig dag." Han log automatiskt då han passerade henne.

"God dag, herr Karlfeldt", svarade hon, "det är det verkligen."

Conrad Betelgeuze Karlfeldt såg på sitt skrivbord. Det verkade vara lika välorganiserat som varje dag. Han rörde vid sin häftapparat, som han döpt till 'Ermès'.

"Lille kamrat genom alla dessa år." Viskade han. "Du och jag, Ermès, du och jag."

Vissa skulle troligen tycka mindre bra om hans djupa relation med sin häftapparat. En psykolog torde eventuellt ha en del i övrigt att säga rörande tilldelandet av personlighet till ett föremål tillverkat av plåt och plast. Conrad Betelgeuze Karlfeldt var i sanning en underlig individ.

För att göra en lång historia kortare, Conrad etc hade mött Eva Grühn, Elvis blivande mor, vid en regementsdans en gång för länge sedan i ungdomen. Hon föll omedelbart för den stilige unge sergeanten i uniform och putsade skor. Conrad etc fångades av hennes djupt bruna ögon. Han förlorade sig omedelbart i drömmar om ett perfekt bröllop följt av de regelmässiga 1.3 barnen, det standardiserade krämvita huset i Pretorias utkant. Och det officiella akvariet. Conrad etc var känd för att som regel ha fel. Detta var hur som helst ett av de där undantagen då han visade sig ha rätt. Låt oss dock snabbt förflytta oss framåt;

Resultatet av denna union blev - vilket du, käre läsare, möjligen redan listat ut - Elvis P. Karlfeldt. Conrad och hans kära Eva levde ett härligt liv i förorten. Området var en klassisk förort; alla visste allt om alla. Inget hände som inte observerades av den inofficiella kvartersvakten bestående av fru Betty Geersen et al. Et al var Bettys man, Al Geersen. En person som passerade igenom kvarteret, dag eller natt, noterade hur gardinerna i ett fönster i nummer 17 Wilkes Rd fladdrade misstänkt. Vid närmare inspektion noterade troligen denne förbipasserande hur imma växte på fönsterglaset från paret Geersen djupt under cover.

Som sagt.

Karlfeldts var tämligen populära i kvarteret. Troligen mest för att de med regelbundna mellanrum ordnade grillaftnar, kaffe träffar, diskussionsklubbar och liknande. De var de facto den typ av boende man vände sig till för råd rörande exempelvis vilken gräsklippare man borde satsa på, vilken tv som vore ett klipp sett över en viss tidsperiod. Flera av grannarna konsulterade faktiskt Karlfeldts rörande tämligen personliga ärenden. Som exempelvis den augustidag då herr Lightbrow kontaktade Conrad Betelgeuze i en fråga rörande filateli. Herr Lightbrow hade på något vis fått för sig att Conrad Betelgeuze hade inside information rörande publicering av den nya serien 2 kr svensk med kungliga insignier. Den med en misstänkt blekning av färgbadet. Conrad hade inte den blekaste vad mannen talade om och kände sig, ja kanske inte utsatt men i alla fall irriterad.

"Hör nu här, min gode man", sade Conrad, "jag skulle föredra att inte anklagas för sånt, tack."

Då Conrad sade detta höjde han omedvetet ribban han skulle behöva ta sig över för att nomineras till grannskapets vakthavande överbefälhavare. Han insåg snart detta, men höll fast vid sitt yttrande. Herr Lightbrow blev synbarligen förolämpad och sade att han nog förstod när han inte var välkommen, rapade surt - vilket var på intet sätt planerat utan ett resultat av att äta för mycket surkål.

"Ursäkta." Sade han, vände och flanerade ut ur Conrads sociala sammanhang för alltid. Med sig tog han de flesta av deras grannar. Detta är ett sorgligt och alltför vanligt resultat av alltför snabba och oövertänkta yttranden i stundens hetta och att stå upp för sin rätt att inte vara nära folk med dålig kroppshygien.

Fåglar fortsatte måhända flyga igenom kvarteret, och i vissa fall bygga bo där i parken, ja till och med brevbäraren fortsatte komma förbi då och då. Conrad och Eva noterade dock en betydande nedgång i antalet besök, samtal och avsaknaden av hälsningar och hur är det vid möten med grannarna. Drömmen var tydligen över. Nja, paret hade begåvats med en son, Elvis P, och Conrad var en stjärna på uppgående inom Business Management. Även om du, käre läsare, anser detta vara oviktig information du lika gärna skulle vara utan, låt mig försäkra dig att denna bakgrund är nog så viktig för förståelsen av historien.

Vårt par blev naturligtvis tvungna att sälja sitt krämfärgade hus. Eva grät en tår eller två över förlusten av trädgården. Hon hade kämpat hårt att få den så exakt som möjligt lik en annons i Home & Garden#42' vårspecialen 1963.

"Jag kommer att sakna trädgården, förstår du." Snyftade hon.

Conrad Betelgeuze kysste hennes sorgsna haka och sade i vad som kanske bäst kan beskrivas som en förtroendeingivande röst;

"Så, så."

Eva fortsatte snyfta, nu lite tydligare, så att säga. Försäljningen blev klar på nolltid. Ett antal unga par bokade tid för visning. Vissa av paren hade ingen aning om vad fastighetsköp innebar. De insåg snabbt att det låg utom räckhåll. Par nummer tre ansåg dock att det var rätt på alla sätt, och det var inom deras marginaler, så att säga.

Med detta blev en eventuell uppväxt i en lugn förort till Pretoria bytt mot en takvåning i centrala Johannesburg. Detta var inte heller så dåligt, förstås. Det ger dock olika resultat. Centrala Johannesburg är inte en förort till Pretoria. Lille Elvis P. fick en barnflicka istället för kindergarten, och utbildningen beslöts bli vid en internatskola som fostrat en majoritet av det sydafrikanska etablissemanget. Livet var fint för Betelgeuze Karlfeldts. Lille Elvis hade kapaciteten att förvalta familjenamnet och njöt av livet i sovsalar och korridorer. Jag tror dock ni, käre läsare, känner mig för väl för att tro att det skulle kunna fortsätta så bra. Låt mig i så fall gratulera er. Faktum är att det hela skulle försämras radikalt inom kort.

Jag tror vi alla kan historien om det talangfulla barnet, den framgångsrike fadern och den moderliga modern. Ja, så hade det kanske kunnat vara såklart. Förutsättningarna fanns där. I verkligheten utvecklades dock vad som på ytan såg ut som ett lyckligt hem i en helt annan och mindre lycklig riktning. Ingen av de medlemmar i kärnan som utgjorde deras lilla universum hade minsta aning om detta. Conrad Betelgeuze och Elvis var upptagna med de saker fäder och söner är upptagna med för att överleva det moderna livet. Eva gjorde ungefär samma sak. Hon var med i ett flertal sociala klubbar och fick ett flertal vänner på ett par månaders takvåningsliv. Den beklagliga utvecklingen visade sitt vidriga ansikte en morgon då Eva fullständigt tappade kontrollen och ignorerade sitt utseende totalt. Ja, hon brydde sig inte ens om att borsta håret innan hon gjorde te.

Conrad Betelgeuze bestämde sig för att ignorera det hela. Han tänkte att hon nog kunde tänkas vara överarbetad. Han frågade en morgon om hon glömt att ta sin morgon tablett. Eva stirrade på honom som om han vore galen, och sade att det hade hon och kunde han 'sköta sitt.' Conrad B. tyckte hennes uppförande lämnade mycket i övrigt att önska men blinkade åt henne och satte på sig sin excellenta italienska hatt samt en lätt kavaj.

"Ha en trevlig dag, älskling, jag är hemma vid sju ungefär." Han blinkade och försvann till kontoret. Han gjorde detta så gott som alla vardagar vid samma tid. Elvis, nioåringen, satt på sin säng i sovsalen. Han planerade dagens aktiviteter. Cricket och utomhus lunch var planerat. 'En så trevlig dag.' Tänkte det välartade barnet som inte hade en aning om att det skulle vara så gott som föräldralöst inom ett par timmar. Conrad Betelgeuze begränsade ju kommunikationen med sin son till ett snabbt "hur går det grabben?" Vid jul.

Det första Eva Betelgeuze Karlfeldt gjorde sedan hennes man åkt till kontoret var att klä av sig, kasta ut en radio genom takfönstret för att sedermera gå ut på balkongen och högljutt deklamera att hon hatade sina grannar. Den olyckliga kvinnan hade varit till en dr Eweston som förskrevs ett flertal piller för hennes trassliga nerver. Dessa var uppskattade. Hennes hjärna blev mer och mer irriterad. Folk började bli rädda för henne. Grannarna ringde säkerhetsbolaget för att få dem att titta till henne. Bolaget sände sin bäste man, en John B Good. Mr. B Good knackade på dörren med en handskbeklädd hand. Ingen verkade hemma. Mr. B Good bestämde sig att öppna dörren med sin nyckel. En av grannarna, fru Delton Hapgood tjatade;

"Gå in, hon är där inne. Heltokig…gå in bara."

Säkerhetsmannen öppnade dörren och ropade;

"Fru Karlfeldt, vi kommer in…" Han såg sig om. Hallen såg ut som en krigszon. Vid dörren till badrummet såg han ett par taniga vita ben med tofflor på fötterna sticka ut.

"Fru Karlfeldt." Ropade han medan han tog långa kliv över hallen mot badrummet.

"Kära nån, vad har vi här?" Sade han för sig själv. Han förvånades över svaret.

"En död kvinna tror jag." Det var såklart den nyfikna grannen som följt honom in.

"Fru Delton, ni måste gå härifrån, ni har ingen rätt att vara här inne." Sade han till den intresserade kvinnan som inte verkade uppskatta att avspisas så blatant. Hon såg sig om, sedan på säkerhetsmannen, sedan upp i taket och vände sig och gick ut ur lägenheten.

"Sådant folk de anställer nuförtiden."

Mannen stängde dörren efter den olyckliga kvinnan och återvände till personen på golvet. Vad han såg bedömde han vara ett klart exempel på självmord. Eva hade faktiskt dött en hemsk död efter att ha ätit en hel tub Mc Gregors 'Lake Brown'. En högklassig skoputs för den moderna mannen. Det var Conrad Betelgeuze Karlfeldts favorit. Vid inspektion av tuben skulle den potentiella köparen hitta en liten varningstext som förklarade att en person som fick putsen i sitt matsmältningssystem borde uppsöka läkare då produkten innehöll ett flertal frätande ämnen, såväl som petroleum bensoate vilket hade visat sig vara dödligt även i mindre doser. Utsikten var hemsk. En medelålders kvinna med stökigt hår liggande på golvet iklädd badrock. Hennes ansikte, i synnerhet runt munnen, var insmetat i en brun pasta av något slag. Herr B Good, säkerhetsmannen, tittade misstroget på scenen.

"Åh, kära nån. Vad har du gjort med dig?" Han böjde sig framåt och luktade.

"Jag ser ett fall av den gamla skokrämssmörjningen…vilket sätt att sluta." Han var verkligen ledsen för kvinnan. Han hade sett detta förr. Han kände till de hemska konsekvenserna av att äta skoputs av detta varumärke.

"Som att äta syra mixad med bensin." viskade han för sig själv medan han slöt hennes ögon. Då han gjorde detta fick han lite av skoputsen på handen, och detta smetades av på hennes ögonlock. Nu såg hon ut som en nattens dam. Så sorgligt. Plötsligt såg han en liten hund. Fru Karlfeldts 'Devinia', en liten rackare med röda ögon, vit päls och för tillfället brun mun. Jycken låg vid sin vattenskål, efter att ha försökt dricka lite vatten för att minska smärtan. Detta hade bara ökat blodflödet från den lilla hundmunnen.

Vilket elände.

Se där, konsekvenserna av ett lyckligt liv och för mycket fritid. Får en att fundera, eller hur?

Conrad Betelgeuze Karlfeldt verkade disträ då han besvarade samtalet.

"Ja, det är han. Aah. Kära nån. Så, tar ni hand om…? Mm. Ok. Så fort som möjligt. Hejdå." Han stod förvirrat kvar vid fönstret efter att ha lagt ned luren.

"Kära nån." Han beräknade snabbt åktiden hem och tillbaka till kontoret igen. Det skulle, trodde han, betyda åtminstone två timmars förskjutning av dagens schema för eftermiddagen.

"Fru Schenkmann, vill ni ta in ett huvudvärkspulver, du vet, och ta med dagens schema."

Fru Schenkmann, den vänliga men inte alltför snabbtänkta kvinnan svarade att det skulle hon ordna, och gjorde Conrad Betelgeuze et als kontor till mål för sina ansträngningar.

"Så, herr Karlfeldt, det borde hjälpa mot vad nu problemet är."

Conrad gav henne en snabb kyss på hand och försökte sig på ett leende.

"Tack, min räddare i nöden." Han tog pulvret och började förklara att han var tvungen att åka hem en timme under eftermiddagen, då hans fru avslutat sitt liv med att äta en tub av hans favoritskoputs.

"Det är ett elände, jag måste reda ut röran så fort som möjligt." Han såg plötsligt mycket trött ut.

"Så jag borde ringa Wright & Lennox och omboka mötet till torsdag istället? Blir det bra?"

Conrad Betelgeuze Karlfeldt tog hennes hand i sin.

"Det blir bra, fröken Schenkmann. Mycket bra. Jag är tillbaka så snart som möjligt. Ok?" Han samlade ihop sina handskar och portföljen.

"Ja, perfekt. Jag ska ordna allt. Så sorgligt." Sade sekreteraren som redan börjat planera övertid och affärsresor.

Det mänskliga psyket är egentligen bara logiskt och mestadels rationellt, så döm inte på det att ni icke bli dömda.

Den stackars lille Elvis hade ingen aning om detta. Han spenderade veckan vid skolan utan att ha en aning om att hans olycksaliga mor lämnat jordelivet. Vid slutet av vad han alltid skulle minnas som sin sista vecka som del av en familj blev han hemtransporterad för en weekend omhändertagen av sin mor. En mor som hade uppfört sig lite udda under senare tid, det skall villigt erkännas, men som ju trots allt var hans mor. Då han vandrade i korridoren från garaget till den skyskrapa på 73 våningar där de hade sitt hem, noterade barnet ett flertal småsaker. Vakten vid entrén, till exempel, tittade bort då han hejade. Något som aldrig hänt tidigare. Dessutom kastade städerskan som alltid brukade skoja bort sin kvast och började gråta då han sade;

"Hoppas din dag var lika fin som min." Lille Elvis kunde känna att något var fel, men kunde inte sätta fingret på vad det var. När han öppnade dörren till våningen och såg att svarta lakan svepts ut över alla möbler, och såg sin fars svarta kostym nypressad och de svarta Oxford skorna nyputsade förstod han att någon gått bort.

"Pappa, vem har gått bort? Farmor? Farbror Beringer? Hunden?" Han väntade på svar, hans pappa slösade aldrig tid, tyckte alltid dt var bättre att få ur sig vad det nu var som irriterade.

"Hör nu här, min son. Har du noterat under senare tid hur din mor uppträtt lite underligt?"

Barnet såg på sin far, och började gråta.

"Åh nej, inte mamma. Hon var ju ung. Varför? Vad? Hur?" Pojken skakade och kunde knappt andas.

"Det är hemskt, jag vet. Det är svårt för mig också. Min kära Eva. Vad gäller dina frågor; Varför? Jag antar att din mor var lite ur balans. Vad? Ja, det är lite krångligare. Jag antar man kan säga att då blodomloppet inte längre supportar din hjärnas behov av syre slutar de övriga kroppsfunktionerna, såsom andning, matsmältning, nervsystem et cetera, göra det de ska. Jag hoppas du hänger med i mitt resonemang."

I detta läge tittade barnet bara storögt på sin far. Och betvivlade dennes förstånd.

"Rörande den tredje och slutgiltiga frågan i ämnet, hur? Detta är inte så trevligt. Kom ihåg, bara, att det alltid är bättre att känna till sanningen än att få den serverad som en sufflé i en bastu. Din mor, den kära kvinnan, åt helt enkelt en tub av min favoritskokräm. Brun. Vet du något om skoputs har du förmodligen redan gissat att detta var en mindre bra idé. För att vara rakt på sak, det var en mycket, mycket dålig idé. Den specifika skoputs jag använder är baserad på en kemisk blandning som är både frätande och petroleumbaserad. Detta innebär i praktiken att den som förtär denna blandning kommer mest troligt att få sitt innanmäte blandat och upplöst som chokladpudding och inte alls fylla de funktioner det skulle göra. Föreställ dig lever, njure, mage, tarm, ja vad har du, mixat av en blender som den din mor använde då hon gjorde paté. Ingen trevlig bild, eh... nåväl, det, käre son, var vad som hände med Eva Karlfeldt, din mor, min fru, matte åt sin lilla hund som följde sin ägare dit där skoputsätare hamnar. Jag hoppas denna redogörelse inte varit för abstrakt, min son. Kom ihåg att om du behöver prata, behöver en axel att gråta emot. Nja, kanske inte den där axeln, men prata, ja. Min inbox är alltid tillgänglig. Jag ska göra mitt bästa att besvara frågor inom rimlig tid. Så, låt oss klä oss för middag. Ledigt, ok?"

Lille Elvis såg på sin far, försökte hitta åtminstone en strimma sympati. Ett tecken på att mannen åtminstone brydde sig. Men ingenting. Jag tror det var då lille Elvis P Karlfeldt förlorade all tro på sin far och bestämde sig att hålla sig borta så mycket som möjligt. Detta kan sägas vara viktigt för förståelsen av varför vår hjälte höll sig borta från en far som de facto försökte knyta an. Förståelse för varför han och Chlôe fortsatte fly från privatdetektiven kontrakterad av fadern i syfte att få dem att delta i familjesammankomsten. Det fanns andra bitar med, som att inte vilja ha fadern inblandad i anknytningen till baksidan, till exempel. Han visste att Conrad var alltför konventionell för att någonsin acceptera att hans värld, hans älskade affärsäventyr, bara var illusion. Bluff. Drömmar. Så han höll sig undan, och när den sydafrikanska familjen kom för nära smet han undan och höll avstånd ett halvår eller därikring. Tog med sig sin älskade och reste på semester på baksidans mycket verkliga italienska landsbygd. Lånade ett par scootrar och for iväg in i den alltid soliga remsan av pixlar som sträckte sig utmed väven. Den perfekta avkopplingen, och möten med gamla vänner. Kika in på ett trevligt café i New York, eller middag i Palermo. Så länge där fanns in- och utgångar till andra sidan nära var det aldrig några problem. Se där. Om inte det får dig att undra, har jag ingen aning om vad som skulle krävas.

Jag är dessutom tämligen säker på att nästa kapitel kommer att få åtminstone vissa av er, kära läsare, att undra vad som är fel med våra kriminella bekanta. Och som om inte detta skulle vara nog; problem kommer att uppstå med väven i Palermo sektionen med korsningar, vilket kommer att få vissa politiker att framstå till och med mer förvirrade än vad de vanligtvis är, samt att exoplaneten snurrande runt en stjärna kallad 'Martha 37' kommer att börja uppföra sig underligt och så småningom dyka in i Martha 37. Detta kan te sig tämligen oviktigt från en jordisk synvinkel, men om det är din synvinkel ber jag att få reservera mig. Jag kommer att illustrera denna min åsikt genom att peka på hur allt är sammanlänkat i detta stora gamla universum. Visa hur viktig en exoplanet runt Martha etc de facto är för livet som vi känner det här på jorden.

Kapitel 10

Solen sken. Svanen i en damm vid ett hotell i Palermo var, 'svanlik' kan man säga. Allt som allt var det en underbar morgon. Ett perfekt par ifrån Stockholm, jag tror nog du vet vilka, gick igenom den lilla parken mellan hotellet och 'Il Padrone', restaurangen. "Jag har hört att ankan är fin här, vad säger du, ska vi prova?" Elvis höll upp menyn och indikerade fågelsektionen. 'Duck a l'orange med Basmati ris och Sallad'. Chlôe höll med. "Ser bra ut, vi provar ankan." Hon log sitt varma, mjuka léende. Elvis höjde handen för att påkalla vaktmästarens uppmärksamhet men avbröts mitt i tanken av en diskret men ändå mångfacetterad röst från någonstans bakom honom och till vänster som sa; "Ja herrn, är ni redo att beställa?." Elvis blev en aning överraskad och hoppade ofrivilligt till lite. "Åh, det var raskt marscherat." Han log för att visa att han på inga sätt var irriterad. Vaktmästaren, en viss 'Jules', försäkrade honom att 'snabbt och med klass' var ett av restaurangens adelsmärken. "Det är så vi gör saker och ting här." Ordern lades och den vänlige på ett distanserat sätt Jules försvann in i skuggorna på precis det sätt drömmar, hemliga agenter och kypare tenderar göra. Våra hjältar log mot varandra och lät sig dras in i magin av ett storband som spelade 'Aint it Amuzin'. Vokalisten, en vis fru Balotelli, hade ett enormt register, och pianisten, Gil Zamos, hade mer än nog av sin del Evans i fingrarna.

Mörkret i hörnan bakom scenen åt vänster var öronbedövande. En man såg på basisten, blinkade och försvann åt ett håll mystiska män klädda som en 50-tals Bogart brukade försvinna. En plötslig steppdansare gjorde entre i restaurangen och ylade underligt vid åsynen av vokalisten. Vokalisten, å andra sidan, illustrerade diskret hur en sångerska kan dra till sig en underlig och på det hela taget ovanlig steppdansares uppmärksamhet. Pianot trädde in i någon typ av extas, pianistens panna blev ett med tangenterna. Exakt vid denna tidpunkt blev Bogart figuren synlig igen. Han stod där på skuggor, i ljus. En symbios av natt och dag. Night and Day kunde höras från bandet. Vaktmästaren återvände och lät förstå att en speciell kund hade bjudit in dem att närvara vid en middagsbjudning i ett bakre rum. Elvis och Chlôe konfererade och kom överens att acceptera inbjudan. De följde vaktmästaren in i en serie korridorer till vad som verkade vara en privat sektion i bakre delen av restaurangen. Väggarna var täckta i sammet. Mörkt blå, nästan svart. Någon spelade Manouche och jazz violin i ett rum västerut. Chlôe viskade;

"En sån underlig violin."

"Mm. Mycket Grappelliesque." Elvis ville plötsligt dansa men korridoren var ungefär en halvmeter för smal, så vid närmare eftertanke bestämde han sig att låta bli.

"Vi är framme. Låt oss träda in." Sa den vid det här laget mycket högstämda pingvinen.

"Jag tål inte den där vaktmästaren." Sa Chlôe. Hennes näsa och området runt ögonen rynkades. Elvis tyckte det var mycket gulligt, men bestämde sig vid närmare eftertanke att det troligen skulle vara mycket problematiskt för henne att se sån ut hela tiden. 'Men mycket gulligt' konstaterade han. De anlände till den resignerade dörren, en mycket robust dörr i läderklädd ek. Vaktmästarpingvinen indikerade den högklassiga dörren samt en soffa inne i rummet.

"Vänta här. Soffan." Han var en aning vag, och Elvis ansåg att han förevisade en problematisk brist på konsistens.

"Så det kan bli." Han avslutade diskussionen. De satt och väntade ett bra tag i soffan. En skugga av Chloes farbror Alessandro var på något sätt närvarande i rummet.

"Jag tror vi snart kommer att träffa din farbror, Chlôe." Sa Elvis. Chlôe nickade medhåll.

"Si, det verkar mycket troligt, det gör det."

Ventilationssystemets mjuka brummande fick dem båda att tänka på ett hotell i Burundi. 'The Burundi Jackal'.

"Minns du?" Frågade Chlôe.

"Ja, rumsservicen var utmärkt.

En plötslig knackning på dörren fick allt annat att tappa i betydelse. "Si, entrée vous…" Elvis franska lämnade mycket i övrigt att önska. Chlôe fnittrade. Dörren öppnades och en annan pingvin trädde in i det sorgsna rummet.

" Om ni ville ha vänligheten att följa mig. Don Alessandro väntar er." De klev upp och följde den strikt pingvinlika personen. En kort promenad följde, under vilken Azur Beat, radiostationen från södra Frankrike underhöll våra vänner. En vacker kvinnlig röst avslutade;

"Azure, la soleil du musique."

"Hörde du?" Frågade Elvis.

"Haha, si, visst är livet lustigt?" Svarade hon. De anlände till ännu en högklassig dörr med dyrt utseende. Pingvinen öppnade den och sa;

"Don Alessandro Costa." Hans vänstra arm svepandes tvärs den öppna ytan framför dem, som presenterandes själva orsaken till existensen. Chloes ögon lyste upp rummet.

Farbror Ale!" Hon stegade snabbt över rummet och omfamnade sin farbror. Det var en typ av familjär stämning över situationen.

"Chlôe, min kära flicka." Mannen, i andra sammanhang känd som en av Siciliens mer prominenta maffialedare, en man med den verkliga makten att säga vem som skulle leva och inte, log ett brett och som det verkade mycket ärligt leende fyllt av känsla. Scenen var en att minnas, åtminstone för Elvis som aldrig mött myten.

"Och du, antar jag, måste vara Elvis. Chlôe har berättat för oss om dig." Sade myten.

"Mycket angenämt." Sa Elvis. Han kände sig lite osäker och hade svårt att hitta de rätta orden.

"Barrrga." Sade han.Det var summan av hela hans vara. "Barrrga." Myten såg litet förvirrat på sin brorsdotters pojkvän och sade;

"Ja, det antar jag man kan säga."

Chlôe, som kände Elvis ville rädda situationen och sade;

"Jag antar Elvis har känt sig lite ur slag efter resan."

"Inga problem", sa maffialedaren, "det ordnar vi snart. Donna Carmelita har ordnat en ypperlig middag för ikväll. Om ni följer mig är ni snart i en gastronomisk himmel."

De följde sin Don nedför hallen och anlände till en privat sektion av restaurangen, vilken lagts till då Don Alessandro köpte den för några månader sedan.

"Vi har lagt till en sektion för att underhålla privata gäster", sade Don, "min hustru har ett väldigt brett umgänge och inviterar ofta gäster över helger, så det behövdes."

De korsade vad som påminde om en romersk trädgård och gick in i en ny sektion, en middagssal. Orkestern i rummets sydvästra sektion spelade 'I'll Remember Fevrier', och ett par inhyrda dansare visade bred kunskap i Jazz Dans. Kamelen på balkongen mot havet tittade plötsligt på en anka med sina tre småttingar promenerandes tvärs över gräsmattan på sin väg till vad som måste beskrivas som en parkeringsplats. En kiosk inrymmandes ledningen, dvs en mycket omfattande man doftande av svett och kaffe, var placerad i den ände av parkeringen som vette mot havet. Ledningen åsåg ankfamiljen och gjorde sitt bästa att imitera en anka. Under denna övning viftade han med sina omfattande armar inne i kiosken på hjul. Detta fick konstruktionen att wobbla såpass att ledningen själv ansåg det olämpligt att fortsätta. Fåglarna tittade på den wobblande kiosken och hörde något som för deras små anköron måste ha låtit mycket underligt. Ankorna skyndade sig att komma bort från de I deras sinnen mycket skrämmande omgivningarna. Kamelen rapade, och en fluga sökte efter källan till de söta dofterna. Den flög nära kamelens ena näsborre. Om ni, käre läsare, i likhet med här undertecknad sett en kamelnäsborre au naturel, är ni medveten om eländets storlek. Med en flugas begränsade omfattning i åtanke inser man snart att flygning för nära sagda borre innebär påtaglig fara för det lilla kräket. Under en kort paus i andningscykeln vågade det lilla kräket närma sig näsborren, och satt faktiskt på kanten till sagda borre, och njöt av juicen som flödade runt hålet. Detta var, som det verkar, tämligen dumt, även för en fluga. Vid en plötslig inandning blev den lille liraren indragen i rörledningen från borre till lunga. Flugan, låt oss för okända syften kalla den Gertrud, kämpade våldsamt för att stoppa den indragande rörelsen. Den sprang, viftade med vingarna, höll emot mot allt det lilla aset kunde med sina små flugfötter. Gertrud skrek ett högfrekvent illvrål. Nå, som läsaren möjligen misstänker var det lilla asets dagar räknade. Lillkickan fastnade i någon såsaktig smet och drunknade. Dog en vedervärdig död omsvept av kamelsekret. Om inte det gör dig ledsen, då vet jag inte vad. Varför diskutera en flugas död, kanske du tänker. Nåja, ett liv är väl lika mycket värt som ett annat. Flugdamen kanske hade en make någonstans. Ett antal flugbarn, som väntade på lite rutten banan att suga i sig till kvällen. Vad ska de ta sig till nu?

Förstå, ett helt litet flugsamhälle kanske går under. Allt beroende på en sur kamelrap. En stinkande varm luft pust som för oss luktade vidrigt. För lilla Gertrud var det som en pust av Chanel No 5. En hel flaska.

Visst är livet underbart.

Rörande helt andra saker, man skulle komma att hitta en ingång till 'baksidan' av världen i den privata sektionen av restaurangen. En hel del skojiga och intressanta plott twistar kommer att skapas bara genom att våra hjältar möter ett par gamla vänner som är på semester från sin vävlagning under vandringar i byggnadens korridorer och portaler. Inom kort kommer vi till exempel att erfara att ett av gästrummen på andra våningen, det med guldbidén, används för att gå in och ut vid ett vägkafé nära vad som skulle ha kunnat vara södra Emilia Romagna, det italienska landskapet. Detta kommer att bli något överraskande för Chlôe, då Elvis vänner på baksidan är något speciella. Vissa av dem har mycket speciella familjer. Lars Elwin, till exempel. Han var gift med Ella Elwin. De var nog så trevliga, och hade fyra barn. Barnen; två pojkar, en flicka och en annan, var även de trevliga. Hela familjen var trevlig, men de var trevliga en eller två åt gången. Alla på en gång tenderade att bli för mycket. 'En annan' var något speciell. Inte en pojke eller flicka, nej, en annan var, hur ska jag säga, 'annan'. Inte så mycket ett barn, nej mer ett moln av viljan att vara. Eller en massa av förvirring eller distraktion. Ja, distraktion. Det var det. Det hette Edgar. Eller Wilhelmina. Mestadels Edgar.

Överraskningen anlände i form av just ovan nämnda 'moln av vilja att vara', som svepte förbi då Chlôe stod och borstade håret framför en spegel i gästrummet. Hade man varit där och då hade man hört den excellenta franska jazzradiostationen ur väl dolda högtalare. Nu råkar jag vara medveten om att detta inte gäller dig, käre läsare, så du får helt enkelt lita på mig då jag säger att det var ett ypperligt kanalval. Men nog om detta nu, anledningen att vi överhuvudtaget diskuterar detta är att då hon stod där och borstade sitt vackra mörka hår kände hon en plötslig närvaro. Du vet den där känslan av att någon är med en i rummet även om man de facto ser att man är ensam. Den känslan är exakt vad hon kände då. Hon stannade upp. Kände. Lyssnade. Så plötsligt såg hon en handduk röra sig. Något, kanske bara ett lätt drag, vidrörde hennes näsa. Ett plötsligt och lätt fnitter vid hennes ena öra.

"Är det du, Edgar? Om det är det så sluta med en gång." Efter första överraskningen kom Chlôe ihåg den 'andra'. Varelsen drev iväg, hon inte så mycket såg den som kände den då den drev iväg mot portalen som ledde till en patio. Man kunde även notera ett A sus av smärre format som flöt genom korridoren utanför rummet, men det var på något sätt irrelevant och svårare att definiera, så vi låter det vara för tillfället. Chlôe tog sin handväska och lämnade gästrummet. Hon kände den busiga ungen nära och planerande något.

"Är du där?" Don Alessandro log mot henne. "Vi ska precis börja dinera."

Bordet verkade mycket trevligt och väldukat. Servetterna hade precis den där rätta tonen. Ni, käre läsare, har förmodligen själv avnjutit det vid finare tillställningar.

"Jag stötte på en gammal vän, en 'annan', om du vet vad jag menar, Elvis." Chlôe vidrörde Elvis armbåge för att väcka intresse, och pekade diskret mot hörnet vid eldstaden, antydande att de hade saker att diskutera. Elvis såg sig om, gäspade och navigerade oskyldigt i riktning mot eldstaden i hopp om att inte bli observerad.

"Vad?" Frågade han då de närmade sig hörnet av rummet.

"Jag tror det kan finnas en portal till andra sidan någonstans vid gästrummet på andra våningen." Chlôe pekade mot trapporna. "Jag tror den där 'andra' är här.

Elvis visste precis vad hon menade.

"Åh, den andra. Då antar jag att vi snart kommer att möta resten av familjen. Det skulle kunna vara intressant. Jag undrar vad Don Alessandro med fru kommer att tycka om det. Bäst att varna dem att vi kan få sällskap till middagen." Elvis blinkade och log. Chlôe återgäldade inte leendet.

"Kära nån, vad ska vi göra?" Hon var oroad, hon ville verkligen att det här mötet skulle bli så trevligt som möjligt.

"Oroa dig inte. Det blir bra. Lita på mig." Elvis gjorde sitt bästa att framstå som en stadig pelare att luta sig emot. Det hela var som bäst en rolig charad. I situationer som denna har man flera val. Att förbli lugn, eller skratta desperat medan man kastar apelsiner och mogna päron på väggen är ett par av dessa möjliga val. Elvis och Chlôe gjorde inget av detta. De verkade en aning nervösa och sa att de måste gå till gästrummet och diskutera något under cirka tre minuter, och hoppades värdparet ville ursäkta dem för detta. Värdparet sa att det var självklart och pekade i riktning mot trappan till övervåningen. Vårt par rörde sig mystiskt i riktning mot trappan, började bestiga denna och universum skiftade deras omgivningar fullständigt. Vad som hade varit en diskret hall på övervåningen till ett gästrum och en patio i en avgränsad trädgårdsyta som delade av huset från en sandig strand var nu en vid yta av ett drömlandskap av kullar och vinrankor som sträckte sig emot horisonten. Det var såklart baksidan av väven. På var sida av den prosaiska landsvägen över kullarna som avdelade ett fält från ett annat fanns omkring 350 meter landskap, som slutade vid en diffus horisont där den azurfärgade himlen verkade möta ett hav av samma färg. Hologrammet som skapade baksidan formades som vanligt utifrån betraktarens residuala världsbild.

"Jag vänjer mig aldrig vid det här." Sa Chlôe.

"Inte jag heller." Svarade Elvis. En plötslig bil närmade sig. Ett äldre par passerade förbi i en trehjulig Wellington.

"Vilken lustig bil!" Sa en fnittrande Chlôe.

"Ja, en klassiker", sa Elvis, "de är svåra att få tag på i dessa tider. Ett sant nöje att se en i detta drömlandskap."

Och det var en dröm. Den var även så sann som iakttagaren tillät den vara. Det var den nya prototypen XJ37, den som innefattade utveckling av bilderna med tid. Gränsen mellan dröm och verklighet blev suddigare och suddigare. Det äldre paret log och vinkade mot våra hjältar då de åkte förbi. Chlôe vikande tillbaka och sa;

"Åh, Elvis, visst verkar de bekanta?"

Elvis måste erkänna att det gjorde de.

"Chlôe, titta efter, det är ju vi. Vi om sådär tjugo år eller så. Visst är det?" Han pekade mot det tweedklädda paret med scarves flygande i vinden. Äldre, visst, och med goggles, men Chlôe den arma kvinnan måste erkänna att det måste vara de. Rynkor och grått hår, men i grunden desamma. De log mot varandra. Ibland hade denna gamla värld ett sätt att göra rätt sak i precis rätt ögonblick.

"Otroligt, men det känns så verkligt." Chlôe kände att hon kanske hade fått ynnesten att se en bit av deras troliga framtid.

"Det känns sant för att det är det", sa Elvis, "och låt oss nu följa den här vägen och se var vi hamnar. Det ser ut som ett motell där borta, vem vet, vi kanske träffar nån bekant." Han tänkte såklart på Lars och Ella Elwin och deras barn och en annan. Plötsligt satt de i en gammal bil, en väldigt tweed sådan. Elvis tyckte om att köra det maroonröda mästerverket, och Chlôe var graciös som den dam hon var, då hon iakttog det italienska landskapet utanför bilfönstret. Mjuk jazz flödade genom luften i kupén. Då de närmade sig motellet såg de en annan bil parkerad utanför. En gammal svensk trotjänare.

"Jag tror vi kommer att möta våra svenska vänner." Sa en leende Elvis.

Lars Elwin med fru satt ungefär halvvägs igenom restaurangen vid ett bord mot ett fönster ut mot ett öppet vin fält. Lars log då han såg deras vänner kliva in.

"Bonjour, mina vänner, så trevligt av oss alla att mötas."
Vaktmästaren antydde bordet. Ett plötsligt första världskrigsplan landade utanför. Det röda triplanet med ett malteserkors indikerade Luftwaffe. Den våldsamt tecknade figurativa piloten som definitivt var en hjälte, skred in genom dörren vilken han våldsamt lämnade öppen.

"Hallå, jag har anlänt." Hjälten stod med benen demonstrativt isär för att visa sin viktighet. Lars, som verkade känna mannen sa;

"Hallå, du är välkommen att ansluta till vårt sällskap om du vill, Baron." Och viskade till Elvis och Chlôe att det var 'Von'. "Han är högljudd men trevlig." Sammanfattade han.

Chlôe fnittrade och såg leende mot den legendariske karaktären.

"Intressanta bekanta ni har."
Ella såg sig om och svarade att

"Så sant, du, till exempel, är mycket intressant. Bli inte generad för 'Von', han är bara en vanlig kille. Lite högljudd, och mycket trevlig." Hon blinkade åt Chlôe. Von kom och satte sig vid kortsidan av bordet.

"Aargh…" Von klarade strupen."Ursäkta moi, mina damer. Riktiga karlar måste klara strupen då och då. Eller hur, Lars och vadhannuheter?" Von förväntade sig inget svar. Lars gurglade lätt och

höjde sitt smärre glas mot Von, Elvis reste sig och sa;
"Elvis, Ingen släktskap." Han förväntade sig att skaka hand och
sträckte ut handen mot Von som bara ignorerade den, vände sig mot
Chlôe och förklarade hur en riktig man måste stå med benen brett isär i
alla situationer.
"Så det är därför ni ofta ser mig stå så, inte för att skryta med att jag
inte får ihop benen mer. Det är vetenskapligt bevisat..."
Chlôe log och återvände till sin värd, Lars, som för tillfället serverade
pastan. Von verkade lätt irriterad men tänkte för sig själv 'vinn några,
förlora några.'

Middagen var trevlig och inga olyckor inträffade, förutom att Von
kände sig tvingad att slå ned en av kyparna då han inte uppskattade
dennes sätt att 'smyga omkring'.
"Vi skulle vilja tacka er alla för att ni tittat förbi; Elvis, Chlôe, Baro-
nen. Så trevligt det ändå är att kunna dinera så här på 'baksidan'." Lars
höjde sitt något större glas i riktning mot sällskapet. En man i trench-
coat gick genom rummet, stannade vid Von, lutade sig mot dennes öra
och viskade något.
"Hallå där, min gode man, inte så närgånget tack..." Baronen upp-
skattade inte för närgånget manligt sällskap.
"Jag har information." Trenchcoat mannen gav Von ett pappersark.
Von tittade på mannen, och ryckte till som en skrämd kalkon.
"Min gode man, hur bär ni er åt, oförskämde lille man? Håll er borta
från min person tack."
Trenchcoat mannen steg undan och sade;
"Bara läs lappen..." Och gick sin väg. Han stängde dörren och för-
svann in i tystnaden utanför. Von justerade sin pince nez och såg på
papperet med ett uttryck av lätt misstro. Bandet spelade en cool impro-
visation baserad på Freiburgs 3e harmoni. Elvis kände att han borde
säga något.
"Åh, så udda." Han struntade i traditionen och kastade en gaffel på
golvet. Många av skydds säljarna på fältet började närma sig restau-
rangen. De samlade en aning hopp och brustna drömmar. Även detta
var en tradition som måste vidmakthållas. Lars och Ella öppnade ett
fönster och skrek;
"Försvinn." Till säljarna. En hjord kreatur satte sig på parkeringen

och spelade en omgång kort. Detta var en annan tradition. Den var inte särskilt praktiserad, men mer sällan respekterad. Kalkonen på andra sidan vägen utstrålade misstroende, en plötslig vindpust fick den att rulla runt ut på fältet skrikande. Allt var som det borde vara på baksidan.

Kapitel 11

Morgonen var en av de få när hela varat verkade konspirera emot tråkighet och tomma påståenden. Gordon Beatbox Jardine beskådade väggen. Det var en i sanning mycket tråkig vägg, och den verkade på något sätt ensam. Som om den stod uppställd i intet någonstans utan synbar anledning. Som skogar, i stort sett. Några av er läsare kanske protesterar att skogar minsann är där de är av mycket specifika anledningar med klara länkar bakåt igenom vår lilla planets historia. En planet vilken förvandlats från att ha varit ett mycket påtagligt fysiskt fenomen till att bli en hägring i hologram form, en dröm projicerad på en pixelerad väv av små nanopunkter med vilja att representera. Så nuförtiden existerade saker och ting bara för att folk ville få dem att existera. Gordon B.J. Väntade på att hans betjänt Serge skulle sätta på vattenkokaren och beredde sig på en kopp gott te. Han placerade morgontidningen på ett sideboard vid snurrfåtöljen samt beredde en cigarr inför efter te rökningen. Humidoren i afrikansk Bubinga med rosenträ inläggningar rullades in på plats av hans gentlemans gentleman, Serge. Musiken var på så låg volym att den inte störde, men hög nog att lugna. Gordon satte sig ned då Serge serverade te. Excellent Indiskt. Varken för kryddigt eller för lent. Serge var en skatt. Gordon tackade den store Lloyd som hjälpt honom finna en så utmärkt man. 'Bra tjänstefolk är svårt att finna dessa dagar' tänkte han då han läppjade på den utmärkta drycken.

"Excellent te det här, Serge." Sade han. Serge bekräftade det hela med en minimal nickning, en nickning en vanlig man hade missat, men Gordon B.J. Var ingen vanlig man. Han noterade Serges diskreta bekräftelse på att ha tagit emot komplimangen. De var som hand i handske. Cigarren dök upp som en gåva från det gudomliga. Den togs fram i slutet av det nöje som var tedags. Serge höll fram en mycket tunn sticka mycket, mycket torrt trä. Gordon presenterade cigarren i ome-

delbar närhet av det gula området i flamman. Han drog ett djupt ande-
tag. Då cigarren vreds runt sin längdaxel noterade han hur glöden
snabbt förbättrades. 'Så.' Tänkte han och drog sig undan flamman.
Serge sade bara
"Bra så, herrn." Och skakade stickan för att släcka elden. Han läm-
nade biblioteket med Humidoren. Ljudet av humidoren/vagnen för-
svann i den långa ringlande korridoren från biblioteket till spelrum-
met. 'Vilket fint liv det ändå är' tänkte Gordon B.J. I det hade han så
rätt. Det var ett fint liv. Så säger ryktet i alla fall. Så hade det inte alltid
varit.

"Jag minns ännu den där tiden vid slutet av oktober." Sade Gordon
till askkoppen. Han åsyftade naturligtvis till perioden då en leverans
cigarrer blivit påtagligt försenade på grund av ett problem med en last
från södra Paraguay till Edinburgh.

"Otrevlig historia." Sade han för sig själv som en sammanfattning. Ni,
käre läsare, kanske än en gång frågar er 'varför diskutera detta?' Eller
'vad kan detta möjligen ha att göra med Elvis och Chlôes öden?'. Vad
gäller de två typfallen måste jag irritera er ytterligare med att helt enkelt
säga 'vem vet'. Det kanske ni i sin tur besvarar med något i stil med 'åh,
kära nån, är jag helt själv här?' Som en desillusionerad poet. Sanningen
är väl att jag inte hade en aning om att denna sektion ville sig skriven
förrän det var för sent och den de facto fått sig själv skriven. Svaret för-
vånade mig lika mycket som dig. Och du förvånade mig verkligen.

Nåväl, faktum är ju att Gordon B.J. endast existerar i en ondskefull
gammal mans fantasier. Den gamle mannen har suttit i en rostig och
otrevlig stol i ungefär trehundratusenfyrahundranittioåtta år.
'Varför?' Undrar ni. Nåja, jag vet egentligen inte att ni undrar det, men
mina deduktiva gåvor är av så väl dimensionerat omfång att slutsatsen
att ni verkligen ställt den ovan föredragna frågan som respons på min
tidigare genomgång av händelserna i fråga. Svaret, då, är inte så enkelt
och rakt på sak som man skulle kunna hoppas. Gordon B.J. hade skap-
ats av ett sjukt gammalt sinne tillhörande en av de minst existensberät-
tigade entiteterna man någonsin noterat såsom varande just existe-
rande. Det tillhörde en personlighet passande för till exempel en säljare
i kulspetspennor vid namn Elrod Carthege Leonards. Elrod var en dum
man som spenderade det mesta av sin tid med att försöka få folk att

köpa saker de inte hade någon som helst nytta av. Jodå, herrn. Han satt i en stol på en mycket liten och obetydlig planet cirkulerande kring en stjärna av ungefär samma dignitet. Detta kan verka oviktigt till en början, men om ni betänker det totala varats holistiska natur, och hur en företeelse troligen kommer att påverka summan av det hela, ja, jag märker att du börjar tänka det otänkbara, faktiskt överväga det oövervägbara. Ditt stackars vara kanske frågar sig själv den fråga som skrämt vettet ur en hel massa folk från början: 'Men tänk om kontingensen verkligen är så viktig som Patré trodde den vara?' Eller ni kanske går vidare från detta till den verkligt skrämmande möjligheten att kontingensen påverkas av slumpen, resulterande i en holistisk syn på existensen färgad av oro inför det okända.

Kapitel 12

Saker och ting började verkligen hetta till för våra vänner. Universum spelade sitt fula spel och rörmokare försvann. Teddy och Debbie satt och väntade på våra vänner på The Plume.

"Jag antar att något oväntat dykt upp." Sade Debbie.

"Right", svarade Teddy, "vad tror du, ska vi ställa in. Jag kan ringa och se vad som gäller, så kan vi försöka igen i morgon?"

Debbie nickade att det nog kunde vara det bästa.

"Ok, ring mig så fort du vet något?"

"Ska ske, no worries!"

Så den trevliga middagen ställdes in. Med lite tur möts de nog inom kort, detta är dock inget man kan säga med någon grad av säkerhet då universum helt klart konspirerade emot detta. En sak vet jag dock och kan lova; de kommer att mötas om ett par dar och diskutera de oturliga störningar som tvingade våra vänner ut ur London och till Belgien för ett aktieägarkonvent.

Belysningen vid bortre änden av den enorma byggnaden flimrade då Elvis och Chlôe promenerade förbi dem på sin väg till den plats där störda öden möttes för konvent och kaffe.

"Titta, Chlôe, där är den där mannen igen, från förra året i Stockholm." Elvis pekade mot en person vid baren. Det var såklart en av de ondskefulla individer som gjorde livet spännande på Bergsgatan 21. Det var Lütz, den överviktige chauffören. Våra hjältar hade ingen aning om varför en sån man råkade befinna sig vid företaget känt som företagets aktieägarkonvent. Men jag vet, och jag kommer att berätta för er, så vi vet lite mer än våra hjältar. Lütz hade faktiskt blivit beordrad till mötet av sin boss Schwartzkopf för att rapportera ett par intressanta punkter till agenten, De Klerk. Som ni kanske minns från tiden i Nederländerna tenderade han avnjuta maltdrycker då och då. Detta var, de facto, vad

han gjorde i detta ögonblick. Chlôe uppskattade inte denne man.
"Jag har aldrig gillat den mannen." Sade hon.
"Inte jag heller." Inflikade hennes sällskap. De visste båda att det var
denne man som kastat ut bokhyllan på den stackars lilla hunden.
"En sån avskyvärd man." Chlôe ryste.
Elvis höll hennes hand.
"Kom, vi går. Det måste finnas något någonstans i byggnaden univer-
sum vill vi ska hitta. Eller någon." Elvis hade förstått att saker och ting
aldrig hände utan orsak. Chlôe nickade och följde med. De dolda hög-
talarna producerade en live sändning av A.A Mione läsande valda pas-
sager ur Walter the Satchet.

Dörren på glänt där borta viskade en historia om en man som gick fram
och tillbaka i en mycket lång korridor som ledde från en döende planet
vid andra änden av universum till denna byggnad i Belgien. Mannens
namn var Carter, hans jobb var att leda underhållningen vid företags-
fester och universitets sammankomster för sin arbetsgivare, vilken vi
endast känner som förtaget känt som företaget. Så. Och om du tycker
detta är underligt, vänta bara tills en kontorist tar hand om vad han tror
är 'business as usual'. Men låt oss först slå följe med Elvis och hans
Chlôe in genom dörren som leder till kontoren bakom väggen av tyst-
nad. Det finns regeringar och organisationer runtom i världen vilka
skulle betala en smärre förmögenhet för att få se vad som döljer sig
bakom dessa väggar. Detta kommer dock aldrig att ske. Ingen av dem
kommer att få möjlighet att dricka en kopp te från automaterna på Cafè
Renè på sin väg till lunchrummet 'Le Parrot'. Ej heller kommer de att
någonsin snöra på sig skridskorna och ta en tur på de ypperliga isarna
på den konstgjorda planetoiden Parma i Corso systemet. Elvis och
Chlôe gick in i kontorssektionen. Postmannen skyndade förbi gapande
om hur stressad han var och om de vänligen ville flytta sig ur vägen...
De höll sig ur vägen, mannen slängde ett par kuvert vid en dörr här och
där samt försvann snabbt mot korridorens bortre ände. Våra vänner log
och fortsatte nedför raden av stängda och öppna dörrar. Där fanns inga
fönster, eller dörrar ut. Bara in i kontorsrummen. En person öppnade
en dörr åt höger ungefär 200 meter bort. Han verkade aningen disträ
och såg sig om ett tag, sedan åt bägge håll längs korridoren. Han upp-
skattade uppenbarligen inte vad han såg, och började svära lågmält.

Han försvann in i kontoret, skrek en del, återvände ut, nu beväpnad med en hoprullad tidning med vilken kan började slå mot väggen. Han sprang iväg skrikande och viftande med sitt vapen. Chlôe fnissade och pekade mot den försvinnande mannen.

"Haha…en sån lustig filur."

Elvis höll med, och de vandrade skrattande längs korridoren. En kvinna klädd i leopardskinn och en pillerburkshatt dansade förbi. Hennes hår var rött, och den frackklädde jätten som följde henne var helt hårlös. Allt var tämligen förvirrande, och en sidledes simmande svan bad dem att inte oroa sig. De tittade på svanen, och Chlôe sade att de borde ringa Debbie och Teddy, och meddela att allt var ok. Elvis höll med och slog Teddys nummer. En svarsservice så han lät dem förstå att de måste åka till Belgien på möte.

"Och han kan ringa mig om ett par dagar så kan vi boka en middag då." Meddelandet levererades och de fortsatte nedför korridoren.

"Vad letar vi efter?" Frågade Chlôe.

"Huvudsakligen köket, för en sandwich, men som saker och ting utvecklar sig tror jag det kan bli svårt. Och om vi kan få tag på något som rör det här företagets länkar till Palermo, skulle det vara bra".

Chlôe föreslog att de skulle undersöka hallen till vänster där framme. De bestämde sig för detta.

"Ok, kom, låt oss se var den leder." Som förväntat ledde den ingenstans. Bara ännu en av alla dessa sorgsna hallgångar till denna pixelerade existens nihil. Korridoren sprättades sakta upp bakom dem och byggdes framför deras ögon. En kormorant promenerade förbi, hållandes sin vinge som skydd över rygg och huvud.

"Titta, en sån lustig fågel." Sa Chlôe.

Elvis jagade den lite och sa att det var dödens kormorant, och att den ville ha själar. Chlôe såg på den och kände sig en aning stel.

"Jag känner mig lite stel." Sa hon. Elvis skyndade till hennes sida och höll om henne.

"Jag är här, vännen. Oroa dig inte." Han hade sett detta förr. 'Det är alltid så här' tänkte han. 'De vänligaste är alltid offer, men jag kommer att finnas här. Alltid.' Hon såg på honom och visste att det förhöll sig så.

"Sempre." Sa hon. De fortsatte nedför korridoren, och en bartender vid namn Stig med en servitris som hette Lola försökte få dem att gå in på en bar till vänster.

"Chlôe, känner du igen dem?" Elvis pekade mot baren.

"Haha, Oh ja, baren med odrickbara drycker." Hon log vid tanken på hur trevligt det varit, 'hello sailor' hälsningarna och Stig torkandes baren med sin trasa. "Jordnötterna var ok." Hon tyckte om att tänka på deras senaste äventyr. De bestämde sig för att gå in och ta en drink eller två. Chlôe tryckte hans hand.

"Man kan i alla fall inte bli berusad där." De njöt verkligen att vara del av baksidan igen. Baren såg ut exakt som den i den där hologramstaden, och den var stickad av hologrampixlar, det visste de. Till och med mer overklig än den vanliga pixelvärlden de och alla andra människor levde i.

"Jag vänjer mig aldrig vid att inte känna smaken av dryckerna. Jordnötterna är räddningen för mig..." Han log då han såg den yppiga Lola närma sig. Hon var allt en manlig kund kunde önska sig och det visste hon, så var hon programmerad. Stig var allt en bargäst kunde önska. Det visste han, så var han programmerad. Lola gled upp bredvid Elvis.

"Vad kan jag göra för dig, sailor?" Elvis log mot Chlôe och sa "Kaffe. Svart, tack."

"Kommer, Sailor!". Chlôe sa;

"Samma för mig." Fick en nick och ett

"Right on!" Lola var ett mirakel av perfektion, rättade till förklädet och gick som bara en kvinna med vetskap om sitt värde kan. Eller ett barbiträdeshologram programmerat att vara allt en manlig kund kan drömma om.

"trevlig utsikt, eh." Chlôe log och nickade mot Lola. Elvis visste att hon kände honom så väl.

"Si, ett mycket trevligt hologram. Du, min vän, är också en trevlig utsikt, och du är dessutom en riktig människa." Han log åt den vackra romerska drottningen på andra sidan bordet. Deras händer möttes som så ofta förr. En förening baserad på förtroende. Förtroende och en liten aning vansinne. Stig gjorde två koppar java black, och det yppiga biträdet gled genom lokalen med sin dyrbara last.

"Här, mina två favoritkunder!" Elvis och Chlôe njöt av rollspelet.

"Grazie, bella" sa Elvis. "Tack!" Sa Chlôe. Bägge två lingvister och poeter, språket var ett konstverk för dem. Lola gled iväg. Ibland oroade sig Elvis att hon skulle snubbla och falla, men hon klarade sig alltid vart det nu var hon skulle.

"Trevligt att vara tillbaka igen." Sa Elvis. Han noterade även bakdörren, som vanligt. En hel massa folk passerade genom baren, och Stig nickade och indikerade bakdörren. De klev in vart nu dörren ledde. Elvis tänkte att han nog en dag skulle få veta vart.

"Ursäkta mig, fröken!" Han vinkade på Lola.

"Yes, Sailor, vad kan jag göra för dig?" Hon var sitt eget jag, Lola.

"Oh, jag bara undrar, den där dörren där, vart leder den?" Det gjorde Lola lite oroad och hon bet lite i sin underläpp.

"Låt mig säga så här, det vill du inte veta." Chlôe nöp honom i benet lite lätt under bordet. Hon tyckte inte det var klokt att ställa för många frågor.

"Aaoh." Elvis gav uttryck för sitt missnöje men förstod vinken.

"Ok, tänk inte på det." sa han. Lola bara vände sig om och gick sin väg.

"No prob, Sailor..." Svävande. Någonstans spelade någon baryton sax. Ljuset var dimmat. Allt var en blandning av dröm och verklighet. 'Body & Soul' knöt samman rummet. En man i trenchcoat och hatt gick in på baren. Han gick fram till bordet, tog en näve jordnötter och såg på Elvis.

"Någon kommer att få betala dyrt." Han åt snabbt upp jordnötterna och borstade en ide kring en dammtuss bort från vänstra delen av sin krage. Han vände om och gick ut ur baren. Elvis hade inte vad som krävdes för att ta tag i mannen och fråga vad det gällde utan sa istället

"En sådan otrevlig individ." Han hade såklart rätt. Raybanmannen. Han dök upp här och där. Chlôe sa att de borde gå.

"Right." Sa den förvirrade bokantikvarien från Bergsgatan 21 i Stockholm. Han hade mött en hel del underligt folk det gångna året, men aldrig riktigt vant sig vid det. Chlôe var lyckligtvis aningen mer fokuserad. Hon kände livet. De vinkade avsked till Stig och Lola och äntrade den ändlösa korridoren inuti Bolaget endast känt som Bolaget.

Luften var fylld av bebop. Bop levde på något sätt. En dront travade fram efter gräsmattan som plötsligt framträtt till höger om dem. Den betade av kanten på gräsmattan. Chlôe stannade och fnittrade.

"Haha, en sån lustig liten krabat. Den är söt." Dronten stannade till och såg på henne.

"Du är inte så tokig själv, gumman." Hon blev lite tagen. Elvis viskade i hennes öra

"Försiktigt nu, de är kända för att vara riktiga charmörer." De såg på varandra och log. Baksidans magi upphörde aldrig att förvåna. På andra sidan av korridoren bjöd en plötsligen öppen kontorsdörr in dem. Elvis pekade mot dörren.

"Ska vi?" Svarade Chlôe.

"Varför inte, låt oss leva farligt." De klev in i ett litet kontor. Skylten på dörren sa 'M Jarre. Mcmphdba'. Inuti det lilla kontoret fanns ett par vilsekomna stolar vid en vägg. Bakom ett enkelt skrivbord satt en kvinna klädd i 50tals klänning. Gul med blå prickar. Hennes glasögon var också 50tals stil med spetsiga ytterkanter. Hon tuggade oupphörligen tuggummi.

"Oui, vad kan jag hjälpa till med?" Frågade hon alltmedan hon vände sig från dem och tryckte fast tuggummit under skrivbordsskivan. Förhoppningsvis i en papperskorg, tänkte Elvis. Hon fortsatte tala med dem vänd bort från dem, ignorerade dem fullständigt. Chlôe undrade om hon pratade med dem eller någon hemlig vän hon hade i en låda någonstans.

"Ursäkta mig, pratar du med oss, unga dam?"

Kvinnan slutade göra vad det nu var hon gjorde och tittade rakt mot en pennvässare som låg där på skrivbordet.

"Vasa, hellooo. Är jag ensam härinne eller vad?" Hon plockade upp en liten spegel ur sin tämligen omfattande handväska och inspekterade sig själv djupt försjunken i tankar.

"Alright, vad vill ni?"

Elvis bestämde sig för att göra en intervention, och placerade sitt visitkort på bordet.

"Vi ska möta en De Klerk vid den här tiden." Han såg sig om. Kontoret ändrade plötsligt form och 34 cubicles dök upp utspridda i ett större kontor. Det lilla rummet växte till en stor sal. Den cubicle de var i var större än de andra. Kvinnan pekade vagt mot en samling cubicles ute i kontorslandskapet. Ljudet av skrivmaskiner tappade på och röster kommunicerade en och annan viktig mening tvärs över rummet. De reste sig och lämnade sin cubicle. Elvis pekade mot en cubicle någonstans därute. 50talskvinnan sa med hög röst som antydde ogillande 'Oui, oui.' Och viftade ut dem ur sitt minne. Hon var upptagen. 'Eländiga människor.'

Golvet var aningen diffust, och de gick snabbt mot svärmen av neon rosa cubicles. De bländades av den svåra retrofulheten som angrep deras stackars ögon.

"Oh, det där känns." Chlôe höll upp en mapp för att skydda ögonen.

"Si," svarade Elvis, "det gör det..." de avancerade mot den cubicle de misstänkte kunde vara den rätta. En gapig och i ärlighetens namn tämligen nasal röst vrålade:

"Karlfeldts, m De Klerk väntar på er, vänligen följ springpojken." Våra hjältar såg på varandra, osäkra på vad de förväntades göra. De såg sig om och försökte hitta springpojken. Plötsligt såg Elvis en underlig kaninlik filur springandes mot delen av kontoret där de befann sig.

"där kanske." Sa en upprörd Elvis, och pekade mot en underlig cylinderhatt som rörde sig bortanför den cubicle vägg. Chlôe satte av, Elvis följde efter.

"Kom nu", sa hon, "vi fångar honom, henne eller det!" Springpojken visade tydligt varför den var betecknad springpojke.

"Han är snabb. eller hon är. Det är..." Elvis måste andas tämligen djupt för att hålla jämn fart med Chlôe och kaninen.' Alla år i bokaffären tar ut sin rätt', tänkte han. Till slut stannade kaninen franför ett skåp, eller en garderob, och blåste i en vissla medan den hoppade upp och ned. Den pekade på dörren. Plötsligen noterade de förvånat hur kaninen löstes upp och försvann. De bestämde sig dock att prova dörren. Den var olåst, och de gick snabbt in för att inte väcka uppmärksamhet. Chlôe stängde dörren efter dem. Skåpet var enormt på insidan.

"Hej där" sa Elvis. "Jag tror någon tittat på lite Dr Who."

Chlôe, som aldrig sett Dr Who tyckte bara det var oerhört.

"det är oerhört" Sa hon. "Hur fungerar det?" Hon tittade på dörren bakom dem, och på hallen inuti skåpet. "kära nån." Sa hon, och täckte alla möjliga vinklar av situationen.

"Så sant." Sa Elvis. Det omfattande skåpet spred ut sig i praktiskt taget alla riktningar och dörren bakom dem flöt bort i ett dimmigt fjärran. En mjuk röst nynnade en sång som antydde att 'kärleken är nyckeln.' En kolibri hängde i luften ungefär en meter och tjugo centimeter framför dem. Den verkade irriterad och försvann mot ett avlägset hörn av ett buskage i mitten av deras position i universum. Trädgårdsstolen verkade utslängd för sig själv vid vattnet som markerade slutet av en ocean av tomhet. Eller slutet av var nu 'här' råkade vara. Och skaparen, som brukade sitta i sin stol och skapa universum, Elrod, vart var han? Oroa er inte kära läsare, jag ska upplysa era dammiga och mörka sinnen. Elrod, vårt geni, var på promenad i en underbar sagovärld. Allt skapat av hans enorma och numera befriade från trädgårdsstol hjärna. Han fann så många nya och intressanta saker, och han tyckte om att de såg ut precis som saker han själv tänkt på. Han hade ju ingen aning om att han faktiskt skapat dessa och en ziljon andra saker bara genom att sitta och tänka på dem i sin stol. Nu såg han en hink, och en kratta, och ett tråg. Och ett glas vatten. Så många underbara saker. En silversmed spelade bop och kastade en fisk mot en passerande duva. Det var precis som Elrod föreställt sig att det skulle vara.

"Ha, precis som jag tänkte mig det." Elrod var i himlen. Vilket på många sätt stämmer. Han var i vad jordlingarna kallade 'himlen'. För att vara exakt var han i en korridor som sträckte sig från precis där någon användare ville, till precis där den för tillfället behövde sluta. Våra vänner och hjältarna i denna galna historia såg detta då de passerade på väg mot där ödet, vår galne vän, ville att de skulle gå. De följde en ström av Zen. Den var vacker. Inget annat än livet självt, existensen, varat, som valde vägen i varje sväng och kurva. Patre, den enda filosof värd pappret dess teser skrivits på, skulle ha applåderat deras val att lämna alla val åt den stora urmodern själv, existensen. Detta fick ibland fotosyntesen att vändas, vilket sänkte syrenivån, och ibland hamnade de i Ulan Bator som Jakherdar. Allt detta var fint, men vissa resultat kunde oroa en aning. Som exempelvis delen av den här korridoren från vem vet var till varför bry sig alls. Detta innefattade en Yurrta, det mongoliska nomadhuset gjort av halm och jakspillning.

"Trevligt hus, men jag skulle ta en diskussion med ventilationsavdelningen." Chlôe var inte imponerad av existensen. Inte denna gång i alla fall. De bestämde sig ännu en gång att gå vidare. Ljuset var tämligen dämpat i denna sektion av korridoren. Ljudet av vinden i almar hördes från väl dolda högtalare. Ja, samma högtalare som förra gången. Kom ihåg att världen är bara ett holografiskt konstverk omfattande existensen som totalitet samt tomhet. Allt underhållet av en besättning scooterkörande reparatörer på väg för alltid lagandes denna väv av illusion. Beundransvärt i sanning. Ljuspunkterna som färdades längs väggar och annat i korridoren var nanovävarna som färdades längs vävens trådar för att reparera möjliga fel och anslutningsproblem i trådarna. Alltihop mycket komplext och baserad på föreställd förväntan och en dos desperat förhoppning. Ibland med en topping av rejäl panik. Elvis såg nanovävarna flyga förbi. Han hade fascinerats av dessa små arbetshästar ända från början.

"Bara tänk på det, de är den första helt oberoende robotiserade arbetsstyrkan vi människor har. Och de är effektiva. De arbetar tills de förstörts så totalt av interna virus att de inte kan reparera sig själva. Jag tror jag en gång hörde om en som arbetat kontinuerligt i 12 veckor springande längs trådarna." Han pekade med tre fingrar mot ett av ljusen som flög förbi i väggen. Vävaren kände att den var i någons tankar och stannade upp en sekund för att undersöka tankens källa, ifall det var ett virus. Den fann att det inte utgjorde någon fara och flög vidare mot korsningen där framme. Där tre dimensioner möttes och det ibland kunde uppstå trafikstockningar under trycket av vardagens massiva slitage på ljusbanorna. Våra hjältar behövde bägge en lätt måltid eller afternoon tea. De hade gått länge nu på en kopp kaffe.

"Elvis, tror du lite pasta skulle vara trevligt nu?" Chlôe såg sig om efter restaurangskyltar. Hon såg ett par 'Ristorante' en bit bort.

"Det verkar finnas några italienska där framme." Elvis kände att det nog vore en bra ide att äta lite nu och svarade därför;

"Si, ser ut att vara molto buono. Vi ser efter!" Sagt och gjort, de gick vidare och såg att nummer två, 'MILANO' verkade mycket trevlig, många pasarätter och pizza. Och självklart något sött till espresson efteråt. De gick in och fann att deras vänner Stig och Lola drev restaurangen såväl som baren de drack kaffe vid.

"Aaah, mes amis, bonsoir. Välkomna ska ni vara. Kan jag ta era ytterkläder? Våra vänner gav sina rockar till mannen i garderoben. Chefskyparen Stig närmade sig leende.

"Aah, kära vänner. Låt mig eskortera er till ett speciellt bord reserverat för er!" Han visade vägen genom en så gott som fullsatt restaurang, och hade på något sätt lyckats spara ett ledigt bord i ett lugnt område för våra vänner.

"Min dam." Stig drog ut stolen för Chlôe och applicerade serviett. Elvis fann sig själv placerad och redo att beställa i ett huj.

"Om ni konsulterar menyn återvänder jag med vinlistan inom kort" sa en alltid lika uppmärksam Stig. Bandet spelade As Time Goes On, och Chlôe's ögon glimrade. Elvis kysste hennes hand.

"Min drottning…"

Samtidigt uppstod ett visst tumult ute i korridoren då ett par sydafrikanska gangsters anlänt och landat i denna dimension efter att ha varit vilse mellan två universa ett bra tag. Så hade vi även den Kongolesiske advokaten, m Gondegwe Maghwembe, som försökte komma fram till huruvida en person vid namn Elvis Karlfeldt som påstods befinna sig i trakten tillsammans med en italiensk dam vid namn Lavigne möjligen bar ansvaret för att en typisk amerikansk småstad från 50 talets mellanvästern på något sätt dykt upp utanför en liten kongolesisk by något bortom ett träd allmänt känt som 'Cykelträdet'. Men mer om det senare. Låt oss nu avnjuta middag. Italiensk…

Då Elvis och Chlôe avnjöt en Ricotta Cheesecake, så söt att den kunde smälta på sin väg från assiett till gom, kunde man notera att en bit ned i korridoren distraherade en plötslig jazzkonsert en grupp mycket heliga nunnor vilka råkade passera förbi på sin väg till en helig pelare som härbärgerade ett pelarhelgon och vilken rests på en plats där den heliga kaffemakaren av Mojo tros ha stannat 14 dagar en gång då denne var på europasemester. Gruppen hade måst stanna och avnjuta en otrolig tagning av 'Dat Dere'. De blev förvirrade, och en av dem - Syster Béatrice - föreslog att de skulle gå i den riktiga världen som vanliga kvinnor för att bättre förstå vad de måste offra för herren. Gruppen producerade ett unisont 'amen'. Detta, mina vänner, är vad som fick en grupp nunnor på väg till ett pelarhelgon att överge religionen för jazz, och att sedermera starta en vokaljazzgrupp känd som 'Systrarna'.

Avloppsbrunnarna svämmade över och regnet spelade trumma på fönstren. En gul taxi passerade förbi ute på gatan. Denna romans hjältar kisade mot varandra tvärs över bordet. En fladdrande ljusflamma antydde att det var en transport eller underavdelning av pixelvärlden som trängde sig på.

"Vi är på väg någonstans." Chlôe kände igen känslan. De hade varit med om detta förr.

"Si, och vart, ingen vet…" Elvis vidrörde hennes kind och formade läpparna till en kyss. Hon log och de var ett. Igen. Alltid. 'Sempre come uno.' Det var ett av de sällsynta ögonblick då en tanke faktiskt uppstår samtidigt hos två människor. Och bandet spelade 'Lately'. Ella's och Bird's andar dansade genom restaurangen.

Medan våra vänner förlorade sig i varandra gjorde ondskefulla män upp ondskefulla planer i en källare under ett slott i Gamla Stan, Stockholm. Ledaren satt i bortre högra hörnet av lokalen. Sett från dörren. Han var iklädd en mörkbrun, nästan svart, rock med huva som täckte huvudet och gömde ansiktet i skuggor inuti sagda huva.

"Låt mötet börja." Ledaren slog med sin klubba. En av de övriga deltagarna ryckte till en aning av smällen.

"Ja..."

"Oh, ursäkta. Protokollet." Cirkeln samlade sig i det mörka och klart otrevliga rummet. Detta eftersom det saknades elektricitet, och stearinljus är ok men inte särskilt effektiva. Ventilationen var urusel, och då en av de närvarande led av svåra magstörningar och ständigt rapade och fes, hade det börjat lukta konstigt i lokalen.

"Herregud, kan ingen öppna dörren?" Sa en av de stackars deltagarna.

"Jag är inte Gud. Jag menar, ja jag är mäktig och skulle kunna få er avrättade bara genom att uttrycka önskan, men Gud, nej det är jag inte. Vad gäller din fråga; vi kan såklart inte öppna dörren. Fjant. Vad för slags hemligt ondskefullt sällskap vore det om vi helt enkelt öppnade dörren bara på grund av någons ruttna mage?" Folk började vrida sig och uttrycka ogillande alltmedan de gnuggade varandras armbågar och 'hummade' en hel del. Personen som frågat om öppnandet av dörren ursäktade sig för sin dumhet samt viftade med handen demonstrativt framför ansiktet medan han hostade en hel del.

"Så, så. Vi vet..." folk gjorde sitt bästa för att liva upp honom. Vad de inte visste, ja vad han de facto själv var ovetande om, var att händelser i hans tidiga barndom lagt grunden för att han en dag skulle bli fullständigt kriminellt galen. Tidningar skulle berätta historien om en man som angrep en kioskägare baserat enbart på att denne använde en usel deodorant och slarvade med sin flossning och allmänna tandhygien samt övrig omvårdnad. Berättelsen säger att mannen, låt oss kalla honom Carl, gick in i den lilla kiosken, plockade upp en DN från stället och gick till avdelningen för kontorstillbehör och letade efter kulspetspennor. Kassan var ca en meter till höger om honom. Han vände sig dithän, och äcklades genast av lukten och den okammade mannen.

"Vaaad" ylade han, och grep ett paraply från stället. Det var ett

'Londoner Devine', i vida kretsar betraktat som ett av de bättre i mellanprissektionen. Han, som det slog sig, svingade paraplyet som en järnfemma, en golfklubba, vid en synnerligen knivig position där, som man säger, en bra Sand Wedge hade varit att föredra. Butiksföreståndaren var helt oförberedd, hann få armarna halvvägs upp för att skydda sig. Ett av benen i hans vänstra arm erhöll allvarliga frakturer, vilket även gällde tre revben och hans käkben. Enligt rykten blev Carl nedbrottad av sju polismän vilka tvingades använda stor kraft för att få in honom i polisbilen. Han blev sedermera nedsövd av medicinsk personal och fick spendera flera år inlåst på mentalsjukhus. Ingen terapi, inte ens medicinering, klarade av att få honom i skick att möta samhället igen utan minst en muskulös vakt i händelse att han noterade usel deodorant eller dålig flossning. Nåväl, detta hände senare i tiden. Carl hade ännu inte blivit helt koko, som det heter, och var ännu en respekterad om än lite underlig medlem av 'Ringens Väktare'. Ett hemligt sällskap grundat av en adelsman i Sverige år 1628. Sällskapet leddes ännu av en medlem av samma ätt och höll till i källaren under resterna av Stockholms gamla slott, Kronan. Det mesta av slottet försvann efter branden som raserade det magnifika slottet. De underjordiska sektionerna skonades dock, och är till denna dag del av det hemliga underjordiska Stockholm. Tro det eller ej, mötena som leddes av 'Baronen' som han kallades, följde ett strikt protokoll framtaget för omkring 400 år sedan av en konung. Delar av hans kabinett skulle som det hette 'hålla en djup källa till kunskap skyddad från ovärdiga.' Källan är en bok, 'Eldboken', vilken var en gåva från ett hemligt sällskap. Den innehåller all nödvändig kunskap för att hålla nanovävarna igång, samt rekrytering såväl som undervisning av nya reparatörer för holoväven. Ett telefonnummer till en utmärkt scooterförsäljare lades nyligen till och är tryckt i rundade och trevliga bokstäver på sidan 14. Fratelli Bagnone, Palermo, Sicilia. +39 091 327 524. Via Isidori Carini, 37, Palermo, Italia. Mycket centralt i Borgo Vecchio. De gjorde ypperliga affärer på grund av sina kontakter med reparatörerna och deras släkter. Elvis och Chlôe hade en scooter var parkerad i ett garage under en restaurang ägd av Don Alessandro. Det var ett bra arrangemang. Kontakter är grundläggande om man planerar att komma någonstans i denna gamla värld. Mötet var något sent annonserat, och flera av de ordinarie medlemmarna i gruppen var upptagna på annat håll. Detta hade tvingat ledarna att inkalla ett antal ersättare. Evan Miei var en av dessa. Evan hatade att bli störd. Han hade, för länge sedan och i tron att det inte skulle innebära någon verklig ansträngning, gått med på att bli ersättare i gruppen. "Jag ska försöka. Inga löften. Jag ska göra mitt bästa." Mannen med fin bakgrund som tyckte illa om folk som inte insåg hur viktig gruppen var sade att han kunde få bra rykte genom att vara en bra vän. Evan Miei gjorde aldrig något han inte väntade sig att vinna på. "Jag ska göra mitt bästa." De övriga ersättarna var lika ovilliga att ansluta sig till gruppen, men på något sätt lyckades man bli beslutsmässiga.

"Vi är samlade här, i dessa gamla och heliga salar i vår grundares hem, i syfte att så långt möjligt sprida ljus kring senare tiders skeenden i vårt andra hem. Baksidan." Ljud av torrt tyg sisslande då medlemmar vred och vände obekvämt på sig. En av de ordinarie medlemmarna, Rickard Sonesson, reste sig och sjöng en sång. Det var ett gammalt barnrim han komponerat musik till. Det handlade om en björn och en prinsessa. Han verkade mycket nöjd med resultatet. Församlingen verkade tveksam inför verket. De var delade i två läger. En grupp som hurrade och klappade händer, och en grupp - den största - som satt i tystnad och misstänkte att mannen helt tappat tråden till verkligheten. En ur den senare gruppen konstaterade att det inte längre fanns någon standard, och snälla kunde han ursäktas från detta farsartade event. Ordföranden, klanledaren, pekade på mannen och beordrade honom att sätta sig ned och uppföra sig, och sade åt resten av gruppen att vara tyst och lyda sina överordnade. Några satte sig snabbt ned utan protester, några vägrade lyda order överhuvud taget. De var seniora medlemmar, vänner till grundarens familj och ovana vid att andra sade åt dem vad de skulle göra.

"Vänner, lorder och vördade medlemmar, jag ber er som er sanna härskare, att följa denna gamla och i sanning vördade organisations statuter."

Ett mummel av röster hördes. En av lorderna reste sig och tystade församlingen genom att höja handen.

"Vänner, låt oss bli ett med saken. Vi är de sista väktarna av nycklarna till andra sidan. Om vi misslyckas kommer världen att förlora stort på det." Applåder utbröt. En medlem började banka i bordet med sin ena sko. Han blev snabbt omhändertagen.

"Nog" Ordföranden använde all sin kraft, reste sig upp, höjde bägge armarna mot gruppen, lugnande de upphettade känslorna. En plötslig skugga gled in i rummet och en djup hymn sjöngs av en septett. Allt var mycket heligt och ordrar avlämnades av rapportörer till ordföranden. om du, käre läsare, följt denna bok anar du kanske att det har något med Företaget att göra. Det har det. Det handlade faktiskt helt om underhållet av väven, och de överlevande historiska ordnar som ännu var aktiva. Ordförande viftade med en solfjäder och svett flödade nedför hans ansikte. Han kände att han verkligen skulle behöva en dusch. Han kände sig mycket ofräsch.

"Jag måste tillstå att detta tagit en vände med förskräckelse. Jag föreslår att vi ajournerar mötet tills vidare. Vad säger ni?" Det vanliga mumlet kunde höras, och någon öppnade sin portfölj, lade ner sitt anteckningsblock och sin penna där i för att sedan omsorgsfullt stänga den medan han sade

"Ok, på återseende då." Och sedermera helt enkelt lämnade gruppen. Känslan var inte en fylld av förtroende. Nya ordrar delades ut, och ett tryckeri i Jakobsberg kontrakterades att trycka 17 kopior och en trevlig inbunden version.

"Vi kan leverera i slutet av veckan. Vore det ok?" Tryckaren verkade genuint engagerad, vilket som alla vet är skillnaden mellan att driva ett framgångsrikt företag och att gå bankrutt.

"Låter excellent", sa ordföranden, "här, ta mitt kort. Leverans vid adress nummer två." Ordföranden indikerade en av adresserna på kortet. Den på Kungsholmen, i närheten av Elvis och Chlôes lya på Bergsgatan. Leveransproblem väntas, och våra sydafrikanska vänner kommer att vara inblandade. Ett litet café runt hörnet med en jazzsångerska vid namn Lola vilken föredrog sjömän framför försäkringsförsäljare kommer också att vara inblandat.

Kapitel 13

Men innan vi återvänder till gamla jaktmarker, låt oss följa våra hjältar genom längre än livet korridoren mellan ett nav vid andra änden totalt av universum och olika positioner i en verklighet så surrealistisk att det ibland var svårt att ta in. Chlôe njöt av promenaden genom evigheten. Det gjorde även Elvis.

"En sån trevlig promenad. Jag undrar vad vi har att vänta." Elvis log och höll med. Han såg biblioteket en bit bort, den enormt avsevärda interstellära Leiden /Biddell eponymous kollektionen. Ryktet säger att om en produkt inte finns i samlingen existerar den inte. Ett skrivbord med tillhörande bibliotekarie var placerat som en vaktkur vid entren.

"Ha", sa Elvis, "låt oss, min kära!" Sagt och gjort. De gick in, och stoppades av bibliotekarien som kollade deras behörighet innan de släpptes in.

"Kort, tack!" Bibliotekarien, en fisklik kvinna i femtioårsåldern, sträckte ut sin vänstra arm och väntade på deras lånekort.

"Sorry" sa Elvis, "jag glömde det hemma, och det är en bra bit dit." Detta verkade irritera den fisklika bibliotekarien, som nu tittade på Chlôe med misstro skrivet över hela ansiktet.

"Och ni? Jag antar att ni också glömt kortet?" Hon pekade på Chlôe med sin blå kulspetspenna, ett skrivredskap som nu verkade mer vapenlikt.

"Si, it is true…på mitt skrivbord i Palermo…" bibliotekarien knackade på sin högra hand med pennan, pekade på en röd bok på bordet och sa

"ok, jag skriver ut gästkort åt er, men låt inte detta beteende bli någon vana." Hon tog deras namn och adresser och gav dem varsitt gästkort. Chlôe's hade nummer 0420. Slump? Skulle inte tro det. Elvis' var nummer 3791. Elvis tittade på korten och kände hur ödet åter skrattade åt honom. 'Gamle skämtare.' Tänkte han.

"Tack, damen" sa Elvis. "Ni är en sann frälsare, eller hur." Han log mot Chlôe som lade sitt kort i fickan. Bibliotekarien visste inte riktigt vad hon skulle tro om paret, men låste upp porten till valvet. "Därinne", sa hon, "finns den kompletta samlingen av mänsklig och omänsklig kunskap. Det som inte finns därinne, det existerar inte." Hon fladdrade rastlöst med armen mot en halvhög grind som plötsligt öppnades. Om de haft den blekaste aning om var de skulle titta hade de även noterat tre vapen som nu slutade sikta på våra vänners huvuden efter att bibliotekarien tryckt på en röd knapp gömd under skrivbordet. Källan till obegränsad kunskap låg nu som en öppen bok inför dem. Det gjorde även ett flertal caféer och restauranger utspridda över de 18 hektaren bibliotek. Fyra hotell, en rymdhamn, en bowlinghall, en pizzeria och en 'Bundi's Finest' skoaffär. Det var, vilket Elvis ofta sa, Bibliotekens Bibliotek.

Hyllraderna fick det att rysa längs Elvis ryggrad. Chlôe, som ju var lite mer praktiskt lagd, undrade vilket system böckerna ordnats enligt. Tecken fanns på 'Wells-Morgan approachen', medan den horisontella ordningen flörtade vilt med 'Piers Heims Triangulation derivatet'. 'Intressant,' tänkte hon, 'de övervägande sektionella lederna stödjer en mer ämnesorienterad vidd perifert.' Det kändes oerhört. Elvis noterade hennes intresse och memorerade detta för framtida diskussioner. Han var på jakt efter ett tidigt manus till 'Den äldre och havet'. Avståndet vidgades senare mellan Heming's skisser och färdiga verk. Elvis hade noterat detta i exempelvis de första skisserna till vad som skulle komma att bli 'Solen går alltid upp'. Nu, när han erbjöds chansen att verkligen djupdyka och titta på originaltexterna från mästarens hand var han mycket ivrig.

"Titta, Chlôe, ett hotell där framme. Ska vi skaffa ett rum? Det här kan nog ta ett tag..." Chlôe tittade på skylten utanför hotellet, The Oldsberg, och tänkte att det nog kunde vara trevligt så hon gick med på att stanna en natt vid det lilla hotellet. Det var ett trevligt litet hotell som kändes franskt på nåt sätt. Baren i lobbyn såg ut precis som på ett hotell på Place Pigalle där de brukade bo då de var i Paris. De älskade det, och varför inte? Det var ju byggt på deras minnen. Som allt annat där. Eller här. Överallt. Rummet var perfekt som allt annat. Hisspojken hade precis rätt vilja att stå till tjänst, utan att för den skull förlora sin överlägsenhet. Värdighet var ett av huvudorden vid the Oldsberg. De blev imponerade av vyn över Montmartre då de kikade ut genom den franska balkongen. Det var ingen bild. Det var en riktig Montmartre vy, från hotellet där de brukade bo alldeles vid Sacre Coeur Basilican. Där var trapporna som gick nedåt mot Moulin Rogue. Där var Cafè les artistes.

"Ojdå, Elvis, det är perfekt. Jag ser till och med Claude där nere må-landes. Titta där, vi är verkligen tillbaka!" Elvis såg det också. Si, per-fetto, tänkte han.

"Ja, è perfetto, come Paris, essatto." Det var magiskt. Men det var det ju såklart inte. Det var bara deras kombinerade hågkomst av de finaste bilder de hade i sina minnen. Det var en kram från det förflutna, lite grymt i det att det egentligen inte existerade längre. Ja, i alla fall inte det här Paris, eller detta Montmartre, eller denna Claude. Claude hade faktiskt gått bort för tre månader sedan i ett allvarligt magsår. Men väven, som var otrolig i det att den kunde skapa ett 3d hologram från vilken tanke som helst, kunde ju bara arbeta utifrån den input den fick. Varken Chlôe eller Elvis hade en aning om att han kastat in hatten, så i vävens drömvärld var han ännu med oss. Eller dem. Eller hur som helst. Nåväl, Claude eller inte, våra hjältar gjorde sig redo och transpor-terade sig ned till lobbyn för en lätt middag i restaurangen. Restau-rangen var lämpligt benämnd 'Le Moulin'.

"Oui, ett trevligt romantiskt bord för två?" Mannen vid entren var ett under av effektivitet.

"Si, due." Sa Chlôe. Mannen kallade på en kypare som guidade vårt par till ett trevligt bord i ett fönsterbås med vy över en liten gränd som gick från basilikan till Place les Artistes.

"Aah, menyn. Vad ska vi ta? Fågeln är fin här har jag hört, och nå-gon nämnde laxen i förbigående." Elvis pekade på menyn och Chlôe verkade lugn och avslappnad.

"Jag tar det du tar." hon log. Laxen blev beställd, och en trevlig Ries-ling. En diskret caffè Nero avec les chocolate till dessert. Ett mycket lågmält jazzband levererade evergreens. 'Take me 'cross the moon' hade aldrig varit mer 'cool'. Tidningsfolket valsade förbi med sina går-dagar häftade i pannan och morgondagen ett jättesteg framåt.

"titta", viskade Chlôe, "där är den där mannen med sina solglasö-gon." Hon pekade diskret mot vår gamle vän solglasmannen. Han ver-kade förvirrad och bar en skylt med 'Kellog' skrivet medan han traskade i restaurangens gångar. En man vid namn Kellog blev oroad och gömde sig bakom en meny. Han var eftersökt av den Panamanska regimen rörande en viss gruv industrialist i Nevada, och nedtystandet av de smältande polar isarna. En liten kiosk som tillhandahöll hela linjen av handgjort papper och pälspenslar promotades högljutt av en man på styltor. Sju vestaler dansade, gråtande något distraherat mot väggen mellan världar och mellan kärlek och hat. Elvis och Chlôe var ett. Med världen och med varandra. Allt var en illusion, men oj vilken vacker illusion. HMS Queen Mary lastades för sin resa över oceanerna till en annan värld. Förstaklass passagerarna gick ombord via en snorkel till förstaklass däcket, medan tredjeklass passagerarna leddes nedför en spång till sina mer disiga kvarter under vattenlinjen. De var som det heter 'umbärliga'. En poet satt i ett hörn och talade ett poem till vindarna. Dessa brydde sig föga. En dam med ledsna ögon viskade sin sorg till just den poeten, och hans inre grät och tårarna var bläck för hans penna. Essän fångade en stor grupps uppmärksamhet, och de gjorde jättestora skyltar med vilka de stoppade ett tåg. Hör mig nu: Tåget fraktade en last av Franska modedesigners, alla klädda i svart, för att visa att de var mycket svåra. Fattiga katter och undulater satt vid en soptunna som välts omkull och nu spred sitt innehåll utanför den lokale fiskhandlaren. Damen i huset klagade högljutt om sakernas tillstånd då man måste stå ut med dylikt elände. Hennes man, fiskhandlaren själv, tittade på eländet på trottoiren utanför hans lilla fiskaffär.

"Ojoj. Katterna har varit i farten igen." Han hade sett detta ett flertal gånger förr. Ibland hade han faktiskt tagit hand om eländet själv trots att han var fullt medveten om att det var en man i ledningen som hade detta på sitt bord. Gatsoparna med sina gröna overaller och borstar hade betalt för att ta det.

"Var är det där numret?" Frun, Lenore, letade på disken vid kassan efter numret till dem som utsetts att ta hand om sånt här. Hon var tämligen upprörd nu. Lappen med numret låg rakt framför henne, men i sitt tillstånd såg hon den inte. Hennes man tog telefonen och slog numret från minnet.

"Ja det är Lucien Mora, Rue Les Escargots. Soporna igen. När? Imorgon? Men ni måste…ok. Ok…" de skulle få vänta en dag på att få det gjort, eller så skulle han tvingas göra det själv. "Ok, det ser ut som att jag får ta det själv. Igen." Lucien visste att hans fru skulle ogilla detta.

"Vad? Du låter dem trampa på dej igen. Som alltid. Du är en sån ynkrygg." Hon såg på honom som hon skulle se på hundbajs under sin sko. Lucien kände hennes avsmak inför hans otillräcklighet som man. "Ja, jag vet att jag saknar värde. Du borde lämna mig, vet du." Han tittade ut genom fönstret på skräpet därutanför. Hans fru tittade på sin man och spottade mot fönstret.

"Det ska jag. Oroa dig inte. Det ska jag." Lenore hade planerat sin flykt från det fiskstinkande liv hon levt många år. Lucien visste detta. Eller rättare sagt han misstänkte det. Han noterade för ett par månader sedan att hans fru startat sitt eget sparkonto och hyrt en liten lägenhet ett par kvarter bort. Vad han inte visste var att hans granne, Adonis Lefevre, skulle följa med. De hade i hemlighet varit älskare i ett antal år. Om morgonen, då Lucien lämnat henne och gått för att öppna fiskaffären hade Adonis sagt Bonjour till grannen som passerade hans dörr. När han kände sig säker på att Lucien inte skulle återvända hade han gått uppför trappan och gått in i fiskhandlarens borg med en nyckel Lenore gett honom. De hade älskat på golvet i vardagsrummet, på köksbordet och på balkongen, utan att tänka över vad som kunde ske om Lucien kom hem tidigt.

"Han är borta hela dagen. Varje dag." Sa Lenore. Adonis såg hennes nakna kropp och lyfte upp henne på familjens köksbord. Lucien äntrade lägenheten exakt samtidigt som Adonis lät sitt svällda organ penetrera Lenore. Lenore bara stirrade på mannen som var konstigt upp och ned ur hennes synvinkel. Adonis var upptagen med att tömma en miljon små adonisar inuti Lenore. Han inte ens såg stekpannan som träffade hans huvud med kraft nog att spräcka det som ett ägg. Han dog i alla fall med ett leende. Lenore skulle aldrig komma över detta. Lucien skulle komma att avlida exakt sju sekunder senare då han kastade sig ut från en fransk balkong för att landa på en trottoir tre våningar ned på en barnvagn i vilken det låg ett tre månaders spädbarn. Spädbarnets mor och far, familjen Bigets, skulle gå hem, öppna gasen i spisen och lämna denna grymma värld exakt 24 minuter efter deras kärleksbarns död. Lenore skulle överleva men sluta som ett supande vrak, sjungande på gatorna för att få några centimer till nästa flaska glömska. Ödet var, vad det verkade, på ett mycket underligt humör den dagen.

Kapitel 14

Det universella biblioteket är mycket vidsträckt, ja faktiskt så vidsträckt att termen 'vidsträckt' nästan är ett understatement. Elvis och hans älskade spenderade nästintill en hel dag bara med att resa med de lokala busslinjerna runt den moderna poesi sektionen. Det var en enorm sektion innefattande olika Amerikanska, Europeiska och Asiatiska författare. På andra sidan gatan fanns såklart de utomjordiska författarna. 'The Bigster Automotive Repair series' representerad i sin helhet. 'The Chester Wallace Sanguine Aestethics Pangalactica' i 37 översättningar inkluderande den under lång tid förlorade 'Bergamotianska Noteringar'. Uttrycket 'om det inte finns där, finns det inte', kommer till sinnes, vilket det borde. Sanningen är att samlingarna var så omfattande att många världar baserade sina litteraturregister på bibliotekets katalog. Elvis hittade en produktion av de tidiga Vonevanska skisserna. Han var i himlen. Skisserna som sedermera skulle bli kända som förlaga till Frukost För Lök i sin helhet. Med en kaffefläck från mästarens kopp. Kära nån. Chlôe bara log och tittade på barnet i leksaksaffären.

"Jag tror minsann du hittat en ny lekpark, Elvis."

"ja, en favorit, definitivt." Han såg den Moderna Europeiska sektionen och hittade snabbt hyllorna för engelskspråkiga alster. Avdelningen andra nationaliteters skrifter på engelska var en favorit. Conroy's Heat in Darkness såklart. Han hade alltid fascinerats av Conroys bruk av subjunctive.

"det är användbart, även om det är lite formellt." Sa han tyst för sig själv.

"Du är av en sällsynt typ" sa Chlôe och tog hans hand för att leda honom till ett café där borta. Mannen i baren vinkade välkommen åt dem. Det var såklart Stig.

"Välkomna kära gäster. Hur kan jag bistå er denna ypperliga dag?" Bartendern indikerade ett bord ett par meter från bardisken.

"Slå er ned och gör er hemmastadda så tar jag snart er order!" Elvis nickade till svar och de slog sig ned i båset. Lola vinkade glatt från andra sidan rummet och blinkade åt Elvis. Elvis log och tänkte att de var verkligen bra hologram. Chlôe log åt Elvis och de satte sig ned och avnjöt musiken från det ypperliga bandet medan de väntade på Stig. Han dök upp inom två minuter och tog deras order. Två kaffe och trevliga chokladbakelser till det. Livet var fint och Lola kom förbi med ett snabbt 'Hello Sailor' och ett leende. Sedan iväg och torka ett bord här, ta en order där. Bandet spelade Misty och en skugga trädde in i baksidan från Siciliens kust. Livet var en dröm på mer än ett sätt. En resande i köksutrustning startade sin säljshow då han stötte ihop med en grupp hemmafruar ute på sin årliga picknick. Mannen öppnade sin säljväska, en mycket stilig väska i extremt mjukt zebraskinn. Insidan var uppdelad i ett flertal sektioner för diverse behändiga verktyg för den moderna husfrun på väg. Gruppen samlades runt honom för att se den helt nya Blendern från Sweetomatic. Det handlade om deluxe varianten. Helt steglöst justerbar hastighet, och mixarna och knivarna rostfria av högsta klass. Toppkvalitet. Ett måste för dagens dam. Hemmafruarna var alla intresserade. Utom en. Hon hatade livet som hemmafru. Inom ett par timmar skulle faktiskt Caren Pfeiffersteller komma hem, se den smutsiga tvätten, gå till skåpet i hallen och ta en tub skokräm som hon sedermera skulle klämma ur i sin mun. Hon skulle svälja krämen, trots att det stod tydligt angivet på tuben att det var giftigt och olämpligt att förtära. Hennes man skulle finna hennes lik då han kom hem efter sitt jobb på en lokal verkstad. Man kunde tro att han skulle bli ledsen att finna sin fru och modern till deras barn, som oss emellan var en riktig skitunge som senare i livet skulle utveckla smak för prostituerade och heroin, på detta sätt. Det blev han inte. Han blev irriterad för att hon störde hans dag.

"Helsike", sa han, "inte detta också, som grädde på punkteringen och den där otrevlige mannen på jobbet..." han var inte ens ledsen, och det är skamligt. Verkligen unket. Här har vi en kvinna som slitit hela sitt liv och älskade sin brutale man Leroy. Han hade faktiskt slagit henne allvarligt och då hon nämnt detta för sin vän Eliza Mountbatter, som var en i sanning ytlig person, hade denne endast gett henne ett kort och sagt

"Här. En mycket bra advokat på Kungsgatan. Slå honom en signal." Caren Pfeiffersteller trodde inte sina öron.

"Hallå, är du tokig, jag behöver hjälp, du måste göra nåt, hjälp mig bort härifrån…" hon förstod att det inte fanns någon utväg utom den slutgiltiga lösningen. Hon hade alltid tyckt att det passade sig att gå med en smäll. Hon hade läst om en lokal företagare som svalt en massa skokräm för att slippa allt. Hans inre hade uppenbarligen lösts upp och blivit till en grå och inte alltför trevlig sörja. Så den där dagen då hon kom hem hoppade hon av, och gjorde en riktig röra av sig själv, och på sätt och vis slog sin man i bakhuvudet. Jag ville bara dela med mig av detta för att peka på hur existensen ibland kan vara. Om någon säger till dig 'Oh, ett sånt trevligt liv det är' vet du nu att de har fel, och du har nu ett exempel på motsatsen. Livet är inte alls 'trevligt'. Det är bara 'livet'. Varken mer eller mindre. Universum är bara en stor kall tomhet som vill döda allt liv och är så långt från liv man kan komma, eller i alla fall 99.986359 % av det är…

Så.

Och världen snurrade vidare. Den sorgliga ursäkten till man levde på, och insåg inte ens att han gjort något fel. Han gifte sig med en dam han mötte på en bar sex år senare. Inte för att han älskade henne, nej, för att han tyckte husligt arbete var tråkigt, och ville ha hjälp som skötte tvätten etc. det enda ljuset i den proverbiala tunneln var förstås att aset blev överkört av en buss och avled tre veckor efter äktenskapet. Han gick ut för att köpa tidningen en eftermiddag. Detta gjorde han varje eftermiddag. Denna eftermiddag var dock buss 603 till det lokala sjukhuset fem minuter sen då dess förare hade magproblem och tvingades ta ett piller för att minska smärtan. Det, min vän, är anledningen till att mannen som älskade rutin och hatade överraskningar såväl som kvinnor aldrig kunde acceptera att bussen var sen. Hur skulle den kunna vara det? Han kunde inte minnas att han skrivit under något avtal om bussförsening. Han accepterade inte att det han såg 20 meter bort var en buss som närmade sig sekund för sekund. Och bussföraren en viss Everett Costanza, hade svåra magsmärtor då hans fru laddat hans lunchpannkakor med starka kemikalier avsedda att rensa avloppsrör efter många års toalettbesök med mera. I sanning stark medicin. Alltmedan hans inre blev mer eller mindre till gyttja föll Everett Costanza framåt över instrumentbrädan och hans högra ben krampade våldsamt, vilket fick som resultat att hans fot pressade gaspedalen i botten och förvandlade bussen från transportmedel till en mycket stor projektil rullande mot och över en av de otrevligaste män som någonsin funnits. Leroy Pfeiffersteller tvingades begravas i stängd kista, ingen lit de parade för honom. Han var i så små bitar att det inte fanns något att se. Universum ger alltid tillbaka på något sätt. I alla fall till vissa av oss.

Så medan folk levde och dog ute i det stora och mordiska intet vi kallar universum hände det sig att en person vid namn Brian vaknade en morgon och bestämde sig för att inte jobba mer. Brian, eller Brian Ecclestone vilket var hans fullständiga namn, var kock vid Leo's Pasta, en liten restaurant driven av en man vid namn Roger Nemo, en tämligen smart person som visserligen inte var någon bra kock, men gärna avnjöt en god kopp kaffe. Brian bestämde att han burit för stor del av bördan och skulle avsluta detta. Han hade bestämt sig för att börja tälja små trästatyer, mestadels humanoider vilkas förebild faktiskt planterats i hans hjärna av ett ondskefullt exemplar av arten senare känd som homo australopithecus på jorden, och Gertie på den lilla exoplaneten Sven i den yttre vänstra armen av galaxen vintergatan. Brian hade ingen aning om detta. Han vaknade bara upp en morgon och insåg att han måste avsluta sitt meningslösa arbete och börja tälja små fåniga humanoider med löjliga små hattar. Ibland slutade han tälja och tänkte över livet och sitt nya jobb, men då han inte förstod nåt av det slutade han snart försöka. Hans grannar började misstänka att det var något allvarligt fel med Brian.

"vad är det för fel på mannen nedanför? Har du noterat att han slutat gå till jobbet, och sitter på balkongen hela dagarna inlindad i den där filten?" Brian gjorde ingen illa. Han bara satt där och täljde och smuttade på sitt kaffe som han bryggde varje morgon och hade i en termos vilken han lämpligt nog döpt till 'Erroll'. Figuren Brian täljde var helt fel i proportionerna. Huvudet var för stort. Pekfingrarna för långa. Benen korta och näsan bara två hål i ansiktet.

"Så, duktig ponke." Brian var glad. Han kände på sig att han gjorde nåt viktigt. De senaste två dagarna hade varit otroliga. Han hade på något vis kommit närmare något hemligt han faktiskt försökt hitta i flera år. På en dammig liten planet kallad Elwood, ungefär 47 ljusår bort, fanns ett center för ledandet av extraplanetära projekt ledda av 'the

Manhattan Project Group', en tätt samlad grupp med syftet att hitta en resenär vilse i yttre rymden i tusentals år vilken de alla hoppades skulle bringa goda nyheter och glädje för alla bara de hittat honom. De visste säkert att han åkt i riktning mot en liten ointressant blå kolbaserad värld vilken förväntades härbärgera liv av något slag. En morgon började Jorge, vilket var hans namn, låta mycket svagt från radion. Han argumenterade något om mörkret. Jorge hade helt tappat kontrollen. Bindgalen. Hans hjärna intagen av en ohyra. En liten larv som åt upp hans cerebrala förmågor. Monitorcentret på Elwood gjorde allt för att hitta en signal från Jorges skepp som studsade runt i världsalltet. En dag fångade de upp en förvånansvärt stark signal från en källa i samma riktning som Jorge åkt. Det var en blinkning. Ett sista anrop från ett döende vara. Ett ljus som bleknade för att till slut slockna helt. Vad sade det då med en röst förstärkt av viljan att leva? Det sade 'hallå därute. Detta är Jorge. Jag var en pionjär sökande efter liv i dessa trakter. Maskar åt min hjärna. Jag ville bara säga hej, och hejdå till dig. Vem du nu är'. Ingen utom vår vän Brian och Monitorcentret på Elwood fångade upp signalen. Den sändes på en våglängd som inte använts på årtionden på Brians blåa värld. Men Brian hade genomgått stark kirurgi och under operationerna hade hans kranium förstärkts av ett metallnät som skulle stimulera tillväxten av ben och annan vävnad. Då Jorges hjärna började dö och sände ut sitt nödrop träffades Brian av vågorna av 'Vara'. Hans förvirrade inre blev en mottagare som fångade signalerna i kranienätet. Hans tankar togs över av ett vara med enormt huvud, långa pekfingrar, korta ben och utan näsa. Signalen var så stark att den tvingade Brian att avsluta all annan aktivitet, som arbete etc, och försöka avbilda den där hjälpsökande. Vittnessökaren. Brian visste inte vad han skulle göra med figuren. Han visste bara att han måste göra något. Så han täljde porträtt av figuren han såg i sitt inre. Så kom det sig att Jorge förevigades. Brian startade en kyrka till figurens ära. Han kallade den 'Den ensamme rymdmannens kyrka'. Där ser vi hur underlig existensen kan vara. Hur udda och underligt samt i sanning oroande detta att vara del av universum kan vara. 'Den ensamme rymdmannens kyrka' växte snabbt, blev väldigt populär bland i synnerhet centraleuropeiska tonåringar. 'Men', kanske ni kära läsare tänker, 'varelserna på Elwood då?'. Mm. Låt mig säga så här; de blev såklart mycket ledsna att erfara att deras hjälte sänt sitt sista budskap. Men samtidigt blev de mycket beslutsamma att sända en expedition till den lilla blå planeten deras hjälte siktat på. De byggde ett nytt, mer kraftfullt och tekniskt mer avancerat rymdskepp som skulle klara att föra med sig en större grupp, som kanske även skulle kunna kolonisera den lilla blå planeten permanent. Problemet var bara att på grund av ljusets hastighet såg Elwoodianerna en bild som var miljontals år gammal och bilden de älskade visade en värld, ett universum en existens som inte längre fanns. Då våra näslösa och långfingrade vänner anlände till den blå planetens placering hade den upphört att existera för otroliga 1.253 miljoner år sedan. De hade sett hur planeten försvann på skärmarna för flera år sedan, men kunde inte ändra sina planer. De såg sitt mål explodera i slow motion under tre veckors tid. Det var eldfängd underhållning. Död och elände på astronomiska avstånd. Ledningen valde att spela en inspelning av Desdemona Morellis 'Ode till Undergången' som bakgrundsmusik. Det var mycket underhållande och samtidigt en aning sorgligt eftersom de ju visste att de på inget vis kunde ta sig hem igen. Konstruktörerna hade bestämt att det inte var nödvändigt för besättningen att ta sig hem igen.

"Vi måste bestämma om vi ska ordna hemresa eller skicka med utrustning för en bosättning samt en skofabrik." Garland Hoover började sjunga sin gamla hit 'Undecidedly So'. En omröstning inleddes. Resultatet är jag säker på att ni redan gissat. Resultatet blev att the Titanic lastades med allt material som skulle behövas för att bygga en bosättning för 372 Elwoodianer samt en skofabrik med en produktionskapacitet av 128 par skor om dagen. Detta var ett beslut Garland Hoover skulle ångra att han varit delaktig i under resten av sitt liv. Alltså under 37.2 år. Så, vad vi hade sett om vi varit där hade varit ett rymdskepp som irrade runt i rymden letande efter men inte hittande en plats lämplig att kolonisera. Ett av resultaten av detta blev att Titanics besättning så småningom svalt ihjäl, och spökskeppet fortsatte sniffa runt i universum med en besättning av döda Elwoodianer upptagna med att lösa korsord och dricka kaffe i dödsögonblicket. Jag är inte säker på att det finns någon djupare visdom att finna i denna historia. Jag har funderat på detta ett tag nu, och är tämligen säker på att så icke är fallet, men jag antar att om det funnes något uns av visdom i det hela vore det möjligen den urgamla sanningen att oavsett hur illa det är kan man vara tämligen säker på att det inom ett par dagar kommer att vara värre. Det enda positiva var väl att Elwoodianerna lyckades fiskalt trixa till det hela så att de enorma förlusterna i liv och tillgångar omförhandlades till underhållskostnader för landsvägar runt 'Larson', Elwoods huvudstad. Dessutom bestämde man efter att ha informerats om misslyckandet att ett flertal nya försök att popularisera Jazz Cool i de förlorade Elwoodianska generationerna. Varför var generationerna förlorade? Kanske ni undrar. För att de ännu ej insett Jazz Cools överlägsenhet. Du kanske även tycker det är lite underligt att invånare på Elwood, som aldrig varit på jorden skulle digga musik från den planeten. Oroa er inte. Det finns många saker i detta gamla universum ni inte förstår. Som exempelvis varför Elwoodianerna talade Svenska. Eller hur nano-vävarna i baksidesvärlden kunnat bygga alla dessa världar. Nå, de hade gjort det, och allt för att en personlighet med stor bakdel först skapade det hela i sin fantasi. Vilket i sig var tämligen underligt. Helt klart.

Elvis och Chlôe njöt en promenad till fiktionsavdelningen för Tidig Modern Engelsk Poesi. Shakespeare sektionen var ett måste för Elvis, som spenderat en hel del tid vid universitetet med att undersöka eventuella resultat av Bardens bruk av omskrivande do i olika språkliga varianter runt år 1600. Till er som inte är bekanta med den tidens skrifter, låt mig bara nämna Love's Labour Lost, The Tempest, King James Bible. Mycket av det som var grunden för dagens Engelska skapades vid denna tid. Elvis fann exempelvis att bruket av perifrastiskt Do till stor del stadgades vid denna tid, och att man till och med kunde se en skillnad i bruket framträda under Bardens aktiva tid. Så ni förstår hur uppspelt vår hjälte var över att hitta nya fynd som exempelvis personliga brev från Barden till lingvistiker vid det Elisabetanska hovet som Robert Merriwell Cadmons diskussioner kring behandling av perifrasen i talad vardagstext. Som diskussioner kring handel och transport till exempel. Elvis fördjupade sig i handskrivna originaldokument i arkivet då Chlôe föreslog att de istället skulle ta en lättare lunch vid 'Les Coconuts' nere vid hörnet av Rue Pascale. Elvis nickade jakande och kallade på en bärare till hjälp med dokumenten. Chlôe hade en väska full av översättningstips rörande tidiga Grekiska prosaiska texter. Hon hade alltid fokuserat på antiken och översättningar mellan de större Grekiska och Romerska texterna. De intressanta diskussionerna kring distinktionen mellan de Romerska imperialisterna och de Grekiska tänkarna. Praktik och poesi.

De anlände i god tid till restaurangen för lite återställning. En lätt sallad som förrätt följt av en Risotto Milanese, avrundat med en lättare Siciliansk chokladtårta. De kände att allt var som det skulle och en kopp av Kembe, det Neapolitanska kaffet med den särskilda söta känslan tillsatte det finala 'etto' till 'Perfetto'. Bäraren kom med dokumenten och de fokuserade kvällen på poesin mellan 1600 och 1740, förstärkande de moderna spåren ännu mer, även om vår tids postmodernister med sina upplösta språkregler ännu var några hundra år bort hände spännande saker.

Våra hjältar transporterade sig bland hyllorna och liggarna av universellt vetande. Arkiven var deras drömmars skatter. De var så glada som småbarn på julafton. Nog är det underligt vad som kan få folk att le. Bibliotekarien vid entren höll ett öga på dem, påminde dem att registrera varje artefakt de tog ner från hyllorna. Elvis och Chlôe var i himlen.

Tvärs över hallen från bibliotekariedisken fanns en dörr till källaren. Bara speciella gäster fick gå ner där utan eskort.

"Jag beklagar. Ni är för nya här. Återkom om ett par veckor, så får vi se vad vi kan göra." Bibliotekarien, som hanterade nycklarna till speciella sektioner samt till källaren klickade med tungan mot gommen. Elvis tyckte det var ett av de mest enerverande ljud han hört.

"Ok", sa han, "Come on Chlôe, vi går till skräddaren. Jag behöver en skjorta, och sen kanske boka ett bord för middag?" Chlôe såg på honom och tänkte över ett antal skjortfärger, hur de skulle passa hans hår och ögon, och hennes färger.

"Si, en excellent ide." Hon såg mot bibliotekarien.

"Ciao!" Artig som alltid.

Medan nanovävarna löpte längs trådar och fällar klev en underlig man in i Elvis lägenhet i Stockholm, på Bergsgatan. Han var en budbärare utsänd av en hemsk gammal gangster som satt i rullstol med en anordning som tillsatte syre till den luft han lyckades dra ner i sina trasiga lungor. Han hatade sitt tillstånd, men lyckades trots detta hålla kontroll på sitt brottsimperium mestadels tack vare sina kontakter och vad han visste om personer i statsledningen och kungafamiljen. Han var även hedersmedlem i gruppen som möttes i källaren under vad som en gång varit Stockholms kungliga slott. Han deltog oftast inte i mötena, utan sände en man vid namn Schwartzkopf som ersättare. Han sände Schwartzkopf även denna gång. Man diskuterade ett par resenärer på baksidan. Ett par lingvister från Stockholm, vad det verkade.

"Elvis Karlfeldt och Chlôe Lavigne, de är från Kungsholmen, Bergsgatan 21. Jag tror du känner dem, herr Schwartzkopf?" Schwartzkopf såg ned i bordet. Han kände sig lite oäven.

"Ja, jag känner dem från en riktig röra förra året. Tycker mig minnas problem med ett kreditkort, en bokhylla och en hund. Vi ska besöka dem och se om vi kan finna ut vad som pågår."

Ordföranden såg på Schwartzkopf och tillade;

"Var lite försiktig, hon är trots allt en Costa. Den Sicilianska grenen." Herr Schwartzkopf nickade.

"Ach so. Jag vet, vi har en del affärer med hennes familj. Scootrar. Jag ska vara försiktig." Mötet slutade och vår gamle vän Schwartzkopf samlade ett antal kumpaner i syfte att besöka Elvis. De skulle kanske inte hitta mannen själv, men nån ledtråd till vad som var på gång var en möjlighet. En fiskmås passerade en gammal pir på Kungsholmen och mindes att den varit där förut. Det var faktiskt den mås som bevittnade hur Lütz, Schwarzkopfs chaufför och handgångne man, slängde ett lik i vattnet vid kajen. Den mindes detta för att Lütz hade varit ofin och skrikit åt den stackars fågeln, som inte var någon mindre än Leonardo, en känd målare från Vinci. Måsen, Leo, såg nu samma limousine passera kajen. Den tyckte inte alls om den bilen. Bilen som var på väg till Bergsgatan för att leta ledtrådar till vad denne gjorde på baksidan. Samtidigt gick en äldre dam ut med sin hund. Damen hade en vän som en gång promenerat med sin lilla hund i just dessa kvarter. Den hunden blev brutalt mördad. Krossad under en bokhylla vilken kastats ut genom ett fönster av en man som var på exakt samma adress som damen närmade sig. Jag misstänker att du anar hur ondskefullt och totalt meningslöst detta kommer att sluta. Självklart. De kriminella männen i trenchcoat och kalvskinnshandskar på väg upp till Elvis lägenhet. De hade ingen nyckel, men de hade Lütz. Han behövde ingen nyckel. Med hjälp av en bit ståltråd och lite våld öppnades snart dörren. Lyan genomsöktes. De fann endast några jazzskivor och ett antal böcker om existentialism. Detta gjorde Lütz mycket arg. Lütz hade ett problem med sin ilska. Detta ledde ofta till otrevliga konsekvenser. Så även denna gång. I vrede bestämde sig Lütz att kasta ut en gammal byrå fylld med tidningar genom fönstret. Den som läst del ett i denna serie vet att han förra året kastade ut en bokhylla genom samma fönster. Den gången krossades en liten hund. Denna gång var det en dam som promenerade med en hund som råkade komma i vägen för möbeln. Så denna gång satt en liten hund vid en sönderslagen byrå och undrade varför dess ägare bara låg där. Under en byrå. På en trottoir. Så underligt livet kan vara.

Lütz och hans boss Schwartzkopf rumlade igenom lägenheten utan att finna särskilt mycket, och redigerade Edna Torghagen. Så blev en liten svart hund vid namn Bertil mycket förvirrad, dess matte krossad under en byrå samt en lägenhet svårt angripen av ett par överviktiga mafiosos med sydafrikanskt ursprung. Dokumentet de hade hittat om de gjort sig besväret att öppna väskan i en garderob vid ytterdörren var kvittot för en tur och returresa till Palermo via Paris och London. Problemet hade väl varit att förstå att resenärerna lämnat denna värld och gått över till baksidan. Så nu fick de kriminella nöja sig med att ha sina hologramjag rastlöst flygande i baksidans korridorer.

Där.

Ibland nästan med våra hjältar inom räckhåll. Men bara nästan. För hologramjagen kan aldrig bli mer än en känsla av något som passerar. Kan aldrig vidröra en. Bara påminna om känslan av att bli vidrörd. Normaljaget kände alltid en spöklik känsla av något liknande en dröm som flög över det när hologramjaget mötte någon de bägge var bekant med. Lütz Herzog fick den känslan då han släppte den där byrån. Wilmuth Schwartzkopf fick samma känsla då han öppnade Elvis och Chlôe's kylskåp och hittade en burk svarta oliver vilka han med glädje åt upp. Han trodde känslan berodde på att oliverna var dåliga. Han spottade omedelbart ut bitarna i vasken. Känslan fortsatte dock. 'Ok' tänkte han, 'det är väl priset för att äta ur andras kylskåp.' Solen var där uppe och sken. Det gjorde den alltid. Men ibland täckte moln himlen. Du och jag vet att det bara var ett hologram på en väv skapad av miljarder små nanovävare, små skyttlar av ljus i olika färger som färdades längs varje objekt och subjekt i denna och alla tänkbara världar. Gardinerna var fördragna i Elvis bibliotek. Lütz hittade en komfortabel fåtölj och slog sig ned för att läsa en bit ur 'Varat och Tomheten.' Sektionen kring det klibbiga och jaget under tryck av oärligt närmande fick honom att ifrågasätta existensen som sådan. Han förstod inget av det han läste men insåg att det var viktigt på något sätt, och att han verkligen skulle göra sitt yttersta för att åtminstone förstå grunderna i detta arbete. Han läste ett par sidor. Förstod inte ens grunderna och blev mycket arg. Lyssna nu här; detta är på något vis lika viktigt som 'Varat och Tomheten'. Det faktum att Lütz var så arg för att han inte förstod vad Patré försökte säga i sitt storverk, ett verk som transformerat världen mer än någon annan bok gjort. Kanske inte mer än bibeln, men det beror nog på att de stora och mäktiga i vår värld valde den samlingen av noveller och historier för att rättfärdiga sin makt över majoriteten. Men om man bortser från den boken var 'Varat och Tomheten' vinnaren. Det var även en samling idéer baserade på verkligheten, i motsats till bibeln. Det blev för mycket för Lütz Herzog. Slog sönder en porslinskatt mot en marmor askkopp. Lütz Herzog var inget ljus i mörkret. Han var en skugga i mörkret. Gangstrarna lämnade lägenheten i sämre skick än de fann den. Bara att vänta sig, antar jag. De fann som vanligt inget de ville ha. Något inträffade dock, något som skulle komma att inverka på slutet av denna roman mer än man kunde tro. Lütz Herzog fann till slut den saknade biten. Biten som skulle göra honom fullständig. Transformera den trasiga och iturivna individen till en tämligen öppen, näst intill intellektuell människa. Herzog hade till slut stött på något som i och för sig inte skapade omedelbar gratifikation, utan som skulle kräva mer resonerande än något han tidigare mött. Existentialism hade gjort ett bestående intryck på vår stackars brottsling. Att han utmanades av den till synes ologiska infallsvinkeln mot existensen. Blotta iden att något annat än le objet tangible, den fysiska ytan, betydde något, påverkade oss alla vare sig vi ville eller ej. Detta träffade honom som en hammare i pannan. Ni, käre läsare, kanske undrar hur jag kan ha en aning om hur det känns att träffas av en hammare i pannan. Om så, ni har förstås rätt. Jag har verkligen ingen aning om hur detta känns. Jag ville bara få er att vakna upp. Nåja, detta kommer att påverka historien, tro mig. Låt oss nu lämna de kriminella, och Elvis och Chlôe och åka till Belgien ett tag. Det kan tyckas udda, men tro mig, det kommer att visa sig värt besväret.

Den Belgiska solen sken över ett fält där för länge sedan, men inte länge nog för att ignoreras, män beväpnade till tänderna jagade och dödade varandra. Några legender föddes, andra glömdes. En jägare från ett rike långt, långt borta i jakt på en annan jägare som nu var den jagade. Drömmar om en ordning som övergetts hundratals, tusentals år tidigare. Jägaren och bytet dansörer i rustning. De respekterade bara kraft. I deras fotspår hade en organisation fötts. En säregen blandning av sanning och myt. En blandning som blivit känd för att attrahera intresse och följeslagare genom tiderna. För det är nämligen så här; Folk är mestadels desamma. Tider, mode och idéer må ändras, men människan förblir mestadels densamma. Vissa kanske hoppas att människan ska förändras. Det är ett fåfängt hopp. Den hastighet med vilken ett däggdjur förändras genom evolution är så långsam att det kommer att ta miljontals generationer innan någon riktig förändring sker. Lyckligtvis förändras politik och filosofi och nya idéer uppstår som kan accepteras av den oföränderliga människan. Företaget här endast känt som Företaget var framsidan för denna organisation. Det hade sina armar likt en bläckfisk utsträckta till de flesta av världens nationer. Det hade flera underavdelningar vilka vi redan mött i denna historia. Cosa Nostra i Palermo. En underlig grupp underliga män i en källare i Stockholm, där en gång ett kungligt slott stått. Huvudkontoret i Belgien förbands med de andra avdelningarna genom ett nät av korridorer sträckta som en spindelväv på verklighetens baksida. En verklighet som såklart byggdes och underhölls av en arme av kvinnor och män på scootrar som hanterade nanovävarna och levde sina liv som broar världarna och verkligheterna i detta universum. Och i alla andra universa. Skapade i sinnet av en varelse som brukade sitta ensam i en trädgårdsstol på en planet långt, långt bort från allt du och jag vet. Det är udda, och underligt, och mycket delikat. Och känsligt. Jag menar, alla dessa bitar som måste passa ihop, och alla dessa varan tvingade att hålla ordning på alltihop. Allt som måste ske samtidigt tvärs över existensen som totalitet. Ett misstag. En sen tryckning på en knapp och alltsammans kunde falla ihop som en usel suffle. Det kan tänkas bara fortsätta, som beskattning, men ingen vet, och alternativen är lite oroande så vi har vad vi har. Åtminstone för tillfället.

Kapitel 15

Det Belgiska högkvarteret för företaget endast känt som Företaget var ett torn av stål, aluminium och glas. En enorm lobby med ett torn av luft upp till 127e våningen omgivet av de cirkulära våningarna med fönster och balkonger mot det centrala öppna schaktet, glashissar som färdades i fem meter per sekund, vilket var den ultimata hastigheten för att undvika illamående enligt den interna vetenskapsavdelningen i Kyoto. Vissa resande hade rapporterat lättare svindel, yrsel, på grund av glasgolvet i hissen. Detta var tydligen mest märkbart på våningarna ovanför 73. En gång hade hisspojken tvingats stoppa hissen och få hjälp med att hålla fast en passagerare med panik som kastade sig emot gondolens glasväggar. Minimala sprickor hade hittats i glaset efteråt, så vad incidenten lär oss kan exempelvis vara att det alltid är bäst att behålla lugnet. Eller att det alltid är bättre att inte kasta sig mot glasväggarna i en hissgondol gjord av glas. Ett avslutande råd skulle kunna vara att det alltid är bättre att dricka kaffe.

Såja.

En passage under marknivå tre ledde till en tungt bevakad sektion, Sun Ato Theta. Ingen förutom säkerhetsnivå Merlin tilläts komma in. Dörrarna, de var två, hade speciella fingeravtryckscensorer. Detta i kombination med DNA test ansågs säkert nog, men trots detta fanns en sista hjärnvågemönster igenkänningstest. Den enorma Applause Macbeth Servern i säkerhetshallen hade lagrat id matriser för varje Merlin godkänd av Företagets anställda. Även mycket små variationer, så små som exempelvis det flegmatiska moln vilket omger individen en timme efter att denne druckit en kopp starkt Kembe utan socker, eller en kort lista av andra molnstörande skeenden skulle definitivt alarmera säkerhetsavdelningen och personen skulle omhändertagas utan dröjsmål. All Merlin clearad personal hade kännedom om detta och skulle aldrig ta någon risk med denna listas förehavanden.

När besökaren blivit godkänd för entré, öppnades innerdörren efter en sista örfil med en död herring över huvudet. Detta var totalt meningslöst, det enda syftet var såklart att få varje person på kontoret att lukta illa, utom ledaren för varje team om nio personer. Denne ledare fick istället en trevlig dusch med after shave. En mix av de populäraste märkena. En för manliga och en för kvinnliga. Detta ska inte ses som straff eller förnedring. Nej, det var bara så det var. En person på 102a våningen, Helva Cordialis, en av de mest kända kvinnliga strukturalisterna i styrelsen, ombads formulera gruppdynamiken för Merlin gruppen. Hon insåg att det skulle krävas initial 'Branding' för att förstärka vikänslan. Hon hade från början haft en ide om att flera kattkadaver skulle kastas på smärre grupper vilka ofrånkomligen skulle formeras som resultat av Heidegger Penal Distributionen. En skiss presenterades vid ett seminarium på våning 37, där oratorerna mottog instruktioner och tränades. Deltagarna uppskattade inte idéerna. 'Självklart inte' hör jag dig säga. Nåja, detta är nog en av de avgörande punkterna som skiljer dig från mig. En av punkterna som gör mig till den som skapar detta universum och dig till som mest en som läser om det. Faktum är att anledningen att de inte uppskattade idéerna var bara för att de nyss ätit tungt stekspad till lunch steken. Spadets effekt på magen var att det fick sagda mage att producera starka kemikalier vilka sände ett budskap till deras hjärnor. 'Nej' var det korta och kärnfulla budskapet hjärnorna mottog från de minimala kanaler i vilka kemikalier transporterades runt i det lilla universum som var en människa. Det var varför kattkadaver proceduren förkastades och herring örfilen seglade elegant genom beslutsprocessen. Köket råddes vara sparsamma med stekspadet före beslutet. Detta var klokt, Helva Cordialis var snabb att anpassa sig till nya förhållanden och adoptera nya metoder, vilket som vi alla vet är ett av villkoren för att lyckas vid företaget endast känt som Företaget. Jag skulle säga att hon var vad vissa antropologer kallar en 'early adopter'. En av dessa individer som är så viktig för framtagandet av nya moden och livsstilar. Det kan nog sägas med emfas att det inom politiken och den finansiella sektorn är en mycket eftersökt personlighetstyp. Det är tecknet på en vinnare, skulle man kunna säga. Helva Cordialis var en vinnare. Hon gled genom gymnasium och universitet. Huvudämnet var politisk vetenskap, med ekonomi som biämne. Hon talade flytande fem språk. Hon var vacker. Hon var asexuell. Hade inget intresse av något förutom sin karriär. Hennes sekreterare, Rod McKenna, en ung man med brunt hår och gröna ögon, blev kär i Helva första gången han såg henne. Var hon medveten om detta? Mhm. Hon läste folk som öppna böcker. Hon visste allt som kunde påverka hennes position. Hade hon problem med detta? Icke. Hon var på det klara med att detta kunde komma till pass om hon någon gång behövde hjälp med något aningen tveksamt. Hon var väl medveten om att ett leende och att stå en aning närmare än nödvändigt skulle rasera alla skyddsmurar.

Ni, käre läsare, kan börja ana vad det underliggande maktdelnings-mönstret var inom företaget här känt endast som Företaget. Låt mig berätta lite om detta. Som ni vet vid det här laget hade företaget sina rötter på Sicilien. Mönstret var detsamma som i dess föregångare, Cosa Nostra. Det hade startats som ett medel för skydd och utvecklats mot att bli mer av ett brottssyndikat. Det hade sin Capo di tutti Capi. Sin boss över alla bossar, som var en man utan ansikte och utan namn. En skugga. Man visste om man mötte honom. Om han var din vän var du lycklig. Om han var din fiende...otur. Under honom, rankade som vanliga Capos var cheferna över begränsade sektorer, affärsområden. Här ska kanske klargöras att det fanns inga av de tidigare i historien kända sluggers och benknäckarna. Inga sådana tråkigheter. Nej, här handlade det om strictly business. Om någon person någon gång be-hövde tas om hand slutade denne helt enkelt att vara. Detta ordnades lätt. De fråntogs alla sina medel för överlevnad i den vanliga världen. 'Så', hör jag er fråga, ' vad hände med dem?'. Ja, de sändes helt enkelt till en annan existens där de som inte passade in tilläts framleva sina liv som mestadels fiskhandlare eller rörmokare. Helva hade sänt ett flertal individer dit. Ett exempel var en man vars uppgift hade varit att ordna kaffe och tidning vid niotiden om morgonen. En man kallad 'Grey'. Kembe och the Daily Mail föredrogs. Och när jag säger föredrogs me-nar jag att allt annat skulle vara ett allvarligt misstag. En morgon då vagnen med tidning och kaffe rullades in på Helvas kontor var den tre minuter sen. Tidningen var inte the Daily Mail. Helva noterade istället the Washington Bugle på vagnen.

"Vid Bob, vad håller du på med?" Sa hon, medan hon pekade på tidningen med en penna. Hon lyfte på ett par sidor i tidningen och böjde sig ned och kikade in mellan sidorna.

"Hallååå, någon hemmaaa…" man kan säga att hon var milt irriterad. Hon såg på mannen som dragit detta över henne, och hade han någon gång varit rädd var han nu mycket mer så. Han började skaka. Hennes ögon var så vidöppna så de nästan föll ut. "Din idiot. Din bastard. Du kommer aldrig mer att jobba i denna värld. Fisk för dig. Hör du mig? Fisk säger jag. Fisk." Helva föll till och med in i scooter dropping. kära nån. Så hände det sig att Grey blev fiskhandlare. Han skulle framleva resten av sin sorgliga ursäkt till liv i en stad kallad 47 på baksidan. Säljande fisk. Mestadels Herring. Till förbipasserande. Han hindrades även att ha något som helst medel att kyla fisken. Detta innebar att fisken skulle bli dålig inom ett par timmar. Trots det tvingades han spendera fulla åttatimmarsdagar vid sitt stinkande fiskstånd vid sidan av vägen i en tunnel. Detta läge var för att han inte skulle få någon sol, och bli sjuk av den fiskbemängda och riktigt dåliga luften i tunneln. Och Helva var bara en låg nivå av Capo, ansedd som en riktigt trevlig person. Nåja, regler är till för att följas. Jag menar, Washington Bugle…

En bra take på Pablo Fedreghi's 'Please Just Leave' strömmade från högtalare så väl gömda att man allvarligt tvivlade på att de fanns. Medan våra hjältar tog kaffe i en liten italiensk bar i ett bibliotek någonstans vid sidan av en lång korridor som förbinder ena sidan av universum med den andra, presenterade Helva den nya metodiken för att presentera nyanlända för sektionen på nedervåningen. Herring örfilen. Iden godtogs enhälligt. Leverop hördes. Styrelsen välkomnade detta som en ny approach för inlemmande. Och samtidigt mycket lustigt. Så där ser vi hur en vidrig vana kan accepteras och till och med ses som en rörelse i rätt riktning.

Kontoren tre våningar under markplan var små. Självklart. Det var svårt att bygga kontor under markplan. Tänk bara på all jord och allt elände man måste göra sig av med. Det fanns inga mattor att sopa in det under. Varje hink jord måste bäras upp av män från byggavdelningen. Bara de med mycket stora och otrevliga näsor hade chans att få detta jobb. De bar alla gula overaller och gröna hjälmar. Vissa bar mycket mörka glasögon. Detta var i maskeringssyfte. Inte många ville bli igenkända som jordbärare.

Spårvagnen som gick mellan fakta och fiktion avdelningarna stoppade helt kort vid konst och humaniora sektionen för att plocka upp en anropande vid endast studenter hållplatsen på lingvistik gränd. En ung dam med bokväska klev på vagnen, bytte några ord med föraren, som nickade och pekade bakåt i fordonet. Studenten höll väskan tätt mot bröstet och gick mot en ledig sittplats. "ursäkta mig...Sorry, Madame...jag ska bara.." Elvis och Chlôe satt två rader bakom studenten. Hon vände sig och kisade mot dem som genom luften på en rökig pub. Elvis tyckte det verkade lite underligt, men tänkte inte mer på det. Chlôe reagerade också. De såg på varandra och ryckte på axlarna. Då föraren eller en förinspelad röst annonserade 'Nästa Via Kant' vände sig studenten och såg åter menande på dem. Hon vinkade och pekade mot dörrarna. Hon ville uppenbart att de skulle kliva av. Elvis tittade på Chlôe och viskade

"Jag tror hon vill prata med oss och det är ett par Kant titlar jag vill inspektera." Chlôe såg på den vinkande studenten, sedan på Elvis.

"Ok, vi kan se vad hon vill. Vi går av här då." Så då vagnen stannade vid Via Kant, bästa hållplatsen för Kantiansk teori och kritik, klev våra vänner av den exakta kopian av de gula Milano spårvagnarna. Hyllorna i denna sektion var tämligen tunga. Det har konstaterats att Kantiansk teori och kritik är bland den tyngsta läsning man kan ta sig an. På andra sidan gatan noterade Chlôe Patré och Du Beavoire sektionerna. Existentialistiskt författarskap var det mest intressanta på ett bibliotek, tyckte hon. Hon talade om för Elvis att hon skulle gå över dit och se sig om.

"Tillbaka om en minut eller tre." Sa hon.

"Ok, jag ska bara se efter vad studenten vill, sedan ska jag titta på lite Kant. Vi kan ses här om en halvtimme eller så?"

"Ok, Ciao."

"Ciao."

Chlôe korsade vägen och engagerade sig i tidig Patresque teori, medan Elvis närmade sig den mystiska studenten.

"Så hur kan jag stå till tjänst?" frågade han.

"Jag har sänts ut för att ge er ett erbjudande ni inte kan säga nej till. Eller, det antar jag att ni kan, men konsekvenserna skulle bli mycket allvarliga om ni gjorde det." Hon såg på Elvis och sträckte sig efter hans själ på ett sätt endast en lingvistik student, eller kanske även en specialist på Proto Indo European Teori, skulle kunna.

"Min själ är inte till salu." Elvis kände att han var tvungen att vara mycket klar på den punkten. "Den tillhör den Moderna Filosofi Sektionen samt kvinnan därborta." sa han, och pekade mot en Chlôe som var på väg att runda hörnet till Beavoir Literary Feminist Chritique hyllorna. Hon vinkade till Elvis och studenten, då hennes inre plockade upp en underlig signal att Elvis diskuterade henne. Elvis vinkade åter, och återgick till studenten. Hon såg på honom och sade att hon förstod.

"Men du förstår, jag sändes ut av en av era vänner, en underhållsofficer du mött flera gånger här på baksidan, och även i Palermo. Vi har ett nytt projekt rörande en ny bro över till ett café du och din själsfrände besökte förra året. Som ni vet, är detta café en korsning för broar och korridorer från hela universum. Vi har satt ett team på det då vi behöver tillförlitliga testreferenser. Det har varit lite problem med Företaget i Belgien och ett dotterbolag i Stockholm. En viss herr Schwartzkopf et al har orsakat en del problem då de hyrt ett par korridoradresser och kontor. Vi har information som antyder att ni varit i kontakt med dessa individer och möjligen skulle kunna vara behjälpliga med att avhysa dem från våra korridorer å det snaraste."

Elvis stelnade till. Han mindes problemen. Kreditkortshärvan. Och det där företaget med Kongolesisk anknytning.

"Ok, jag minns dem. Mycket otrevliga människor. Hur kan vi hjälpa er med dem?" Han tänkte på personerna de diskuterade. Han skulle helst slippa möta dem igen. "Jag hoppas det inte innebär att tvingas möta dem igen?"

Studenten såg mycket förtroendeingivande på honom.

"Nej, det skulle inte vara nödvändigt. Jag tror det handlar mest om diskussioner rörande möjligheten att nå ett modus vivendi med dem. Jag har ett möte med en korridorförman inbokat för er i eftermiddag om ni är intresserade."

Elvis tittade på tjejen. Han tänkte på Chlôe, och undrade om hon skulle vara intresserad.

"Jag ska diskutera det med Chlôe och är åter så snart jag har besked. Ok?"

"Ok. Jag väntar här då."

Elvis såg Chlôe och vinkade till henne då han gick emot henne. Chlôe log och mötte honom vid hörnet till Nietschean Approach.

"Hej, vad står på?"

Elvis förklarade kort och repeterade förslaget från ledningen.

"Oh, det skulle vara ok. Otrevliga individer det där. Om vi kan borde

vi hjälpa till."
Så, detta var den slutliga droppen bitterhet som skulle förklara alla dessa underliga och udda saker som skett på sistone.

"Chlôe, har du också haft en känsla av att det på sistone varit lite för många konstigheter uppradade efter varandra för att det skulle vara slumpen" de såg ut över havet av kunskap samlat i detta underliga och vackra altare till evigheten. Chlôe tog Elvis' hand, och lutade sitt klassiskt vackra huvud mot hans axel.

"Ja, det har jag. Det har varit mycket intensivt, och alla dessa underliga och otrevliga människor. Inte för att jag vill klaga, men det har varit lite väl konstigt. Bara den där solglasögonmannen. Och de där otrevliga skuggorna flygande i korridoren. Jag har känt närvaron av de där otrevliga männen från Stockholm mer än en gång." Hon verkade lätt oroad. "jag vet att det verkar galet, men de verkar följa oss även då de inte är här. Och de stör uppenbarligen ledningen på baksidan med."
Elvis måste hålla med. Även han kände den där ondskefulla närheten. Och vi vet, ni och jag kära läsare, vi vet alltför väl att de verkligen var ute efter våra hjältar. Detta i sin tur orsakade störningar på baksidan. Nu kände de en kyla. Som en kall vind. En lätt flygande bild av Schwartzkopf och Lütz stirrade på dem och skrek i tystnad om total skräck. De onda andarna var bara den andliga versionen av 'widgets', inte äkta vara. Inte fullt funktionella. Men de klarade av att fylla alla i närheten med fruktan eller illamående. Jag skulle säga, och är tämligen säker på att Elvis och vackra lady Chlôe skulle hålla med, de var sinnebilden för avskräde. De äkta brottslingarna var på väg genom kanaler och korridorer. De var faktiskt närmare än man kan tro, då ju verkligheten inte är annat än en segmenterad hårddisk med bakvägar till alla andra positioner. Alla lager som skapade en deltagares person vid ett ögonblick låg lodrätt över varandra för att skapa en perfekt illusion av skeendet. Varje aspekt av varje existens var egentligen inget annat än perfekta linjer av ologiska träffar. Verklighet. Bah. Humbug...

Ja faktiskt, om du, käre läsare, känner det som att något eller någon passerar nära, nära. Om det känns som att någon vidrör din kind, eller springer förbi. Du vet det där som förr kallades för 'spöken' eller 'andar', och annat mumbo jumbo av samma magnitud, låt mig säga så här: det är inget annat än andar eller människor som passerar samma vertikala position men i ett annat lager. Det är vår holografiska existens. Du kan tro det eller inte. Den bryr sig föga.

Mötet bokades. Våra hjältar bokades för ett möte med en Kurt Jonson I dennes cubicle i kontorslandskapet i Palermo. Dörren till Palermo var några hundra meter bort, nere i korridoren och till vänster i korsningen. En sandwich man gick förbi deras hotell. Han varnade kraftfullt för slutet på världen som vi känner den. 'Tag Varning' stod det på hans skylt, 'slutet är nära'. Yup. Vissa saker ändras aldrig. Chlôe tittade på sandwich mannen, sedan på Elvis, och skrattade. Han tyckte hon var det finaste han sett. De anlände till Kurt Jonsons cubicle vid tio i tre. Sekreteraren pekade på en bänk.

"Sitt där och vänta."

De hade mött denna typ förr, och visste att argument inte hjälpte. Elvis pekade på bänken. Chlôe satte sig ned. Han satte sig bredvid henne. De såg den ogripbare löparen igen.

"Mr. Jonson tar emot nu." Sekreteraren antydde en öppning i skärmväggen och våra hjältar gick in.

"Ja."

Managern tittade på våra hjältar och höll en blå kulspetspenna mellan sina händer, rullande den upp och ned mellan handflatorna.

"Karlfeldt och Lavigne, ni ville möta oss angående ett antal underliga sydafrikanska kriminella. Hur kan vi stå till tjänst?"

Elvis såg på mannen och räckte ut sin högra hand. Mannen, Kurt, såg på handen, öppnade en liten box och tog fram en våtservett. Han skakade hand med Elvis och öppnade sedan den lilla pappersbehållaren som omslöt servietten, torkade noga av sin hand och slängde serviett och omslag i den lilla papperskorgen passande nog döpt till 'Error'. Han hade ritat dit ett litet leende och två ögon på Error. Han hostade helt lätt.

"Ja, vi har problem med ett par slashasar vilka brukar våra korridorer för illegala syften. Vår gruppchef gav oss rådet att kontakta er i syfte att fråga om ni kanske har någon aning om hur man ska hantera detta elände." Kurt flyttade en anteckningsbok 2/6 tum åt vänster. Mot en bokhylla. En löpare passerade snabbt utanför cubiclen. Kurt torkade sin panna med en Kleenex™. Han slängde sagda serviett i Error. Hans ögon såg ledsna ut. Våra hjältar såg på varann. Elvis sa att de bara visste småbitar om brottslingarna. Som att de var baserade i Stockholm men hade anknytning till Congo, Sydafrika och Belgien. Chlôe tillade att hennes kontakter på Sicilien och i Milan också hade problem med dessa individer. De sade att de trodde ringledaren var en gammal man i rullstol i en lägenhet med utsikt över hamnen i centrala Stockholm. Förmannen, Kurt, verkade oroas av detta.

"Ja", sa han, "vi har mött mannen i rullstol. En mycket otrevlig man. Vad vi nu funderar på är om vi kan anordna ett möte mellan er två och detta gamla vrak i rullstol. Om ni kan övertyga honom att omhänderta sina män, eller om ni kan få er Sicilianska kontakt att tala förnuft med honom, vore det mycket värdefullt."

Chlôe smakade på tanken. Hon bet sig i underläppen och slog lätt med en penna mot skrivbordsskivan.

"Jag ska byta ett par ord med min farbror i Palermo. Känner jag honom rätt ordnar det sig snabbt."

Elvis sa att baksidesgruppen kunde ordna ett möte, om så önskades. Kurt verkade nöjd och förklarade att det varit ett i sanning trevligt möte och att han skulle ordna detaljerna och höra av sig inom kort..

"Ok, vi inväntar instruktioner då. Nu skulle nog en trevlig kopp te vara precis vad doktorn ordinerar." Elvis reste på sig, Chlôe likaså, och de gick för te vid ett tea house i närheten.

Sångerna framförda av en ledsen gondoljär fick en dam som tvättade kläder att gråta. Detta var oavsiktligt men aldrig så otrevligt. En katt passerade utanför tehuset. Den hoppade in i ett buskage nära en pir i hamnen. Katten fannn en mus och började leka med den. Musen tyckte katten var en mycket fånig katt, men lekte ett tag för att hålla katten på bra humör. De spelade ett parti whist, och musen föreslog att de skulle leka kurragömma. Då fångade katten musen. Musen frågade förvånat;

"Varför?"

Katten bara tittade på den och svarade

" För att du är en mus, och jag, min lilla vän, är en katt. Det är sånt katter gör."

Medan dessa normala men sorgliga saker hände i ett buskage tog våra vänner te och scones i tehuset.

"Trevliga scones." Sa Chlôe.

"Verkligen." Svarade Elvis.

De tog en promenad till Palermo sektionen, och fann sig plötsligt i rummet på övervåningen i Alessandro's restaurant. De talade med the Don, förklarade problemen, och han svarade att de kunde vara lugna för att han skulle tala med sydafrikanerna om nödvändigt.

"jag ska, som vi säger, ge den gamle mannen i rullstol ett erbjudande han inte kan säga nej till."

Chlôe gav sin farbror en kram.

"Grazie, Don Alessandro."

Ibland är familj bra. Klockan i biblioteket fortsatte ticka. Det var en speciell klocka. Det var en 'värld' klocka. Den mätte tiden till nästa vändning. En vändning var en total återställning av alla världar. Det skedde en gång per tio tusen år. Det var 247 år till nästa vändning.

"Ja", sa farbror Alessandro, "tiden tickar på, men vissa av oss försvinner aldrig. Det har alltid funnits en Costa som inte verkar åldras. Tänk tillbaka, Chlôe, hur gammal var jag då vi först möttes?"

Chlôe tänkte ett slag. Det var sant, Don Alessandro hade alltid varit densamme.

"Du har alltid varit som du är nu, farbror, alltid."

Elvis såg på dem.

"Aah, come on. Alltid?"

"Si", sa Chlôe, "sempre."

Alessandro tittade ut genom fönstret. Där fanns en sorgsenhet över honom de aldrig förr noterat.

"så är det. Vissa saker ändras aldrig. Jag verkar vara en av dessa saker."

Promenaden vid piren var ypperlig. En trålare var på väg ut, och en dam som sjöng gamla shantys medan vinden lekte med hennes hår kastade en låda lax till fiskmåsarna. Särskilt en mås följde våra hjältar. Det var såklart Leonardo. Han avsökte baksidan såväl som den 'riktiga' världen efter intressanta föremål. Han såg på bilen och scootern. Deras funktioner var intressanta, men han visste att det skulle skapa problem om han introducerade dem i renässansens Italien. Vinden var en het afrikansk vind som var känd för att driva folk från vettet.

En dam sjöng sjömanssånger för havet. En förunderligt vacker dam från en liten italiensk by vandrade längs gatan. Hennes namn var Sophia. Hon betraktades som den vackraste kvinnan någonsin genom mänsklighetens historia. Alla män på trottoiren, och alla män som åkte förbi i bilar, på bussar och i spårvagnar vände sig om och såg på henne då hon gick förbi. Så stor var hennes skönhet att hon inte kunde gå förbi utan att väcka åtrå i alla män i närheten.

Samtidigt fick en man i en lägenhet i Stockholm, Sverige, en man att läsa ett meddelande han fått i en hemlig version av en välkänd meddelande service. Skillnaden mellan den populära och den hemliga versionen var att den hemliga endast var känd av en handfull mäktiga och kriminella individer. Meddelande stipulerade att han skulle tala med ett par av sina underlydande, Schwartzkopf und Lütz. De hade tydligen stört folk man inte ville skulle bli störda. Den ondskefulle mannen andades kraftigt men ineffektivt genom en anordning som tillsatte syre till andningsluften medan han försökte slå sin betjänt med en käpp. Denne höll sig som vanligt bortom den ondskefulles räckvidd. Han hatade sin herre. Hans herre hatade honom. För att betjänten påminde honom om hans oförmåga. Mannen dikterade ett brev till Herr Schwartzkopf. 'Lämna baksidan asap eller ångra att ni blivit född.' Det var ett meddelande som borde läsas noga. Wilmuth Schwartzkopf skulle göra så, och pensionera sin förare Lütz ett tag.

Samtidigt skulle det vara business as usual för våra bekanta i Belgien, Palermo och London. Baksidan skulle bedriva sina lukrativa affärer, och våra hjältar Elvis och Chlôe skulle komma att ta en välförtjänt semester vid ett speciellt tämligen omfattande bibliotek på den västra sidan av en korridor mellan Palermo och den andra sidan av det kända universum. De skulle sedan lämna tämligen lugnande rapporter rörande ett par sydafrikanska kriminella i Stockholm vilka styrts upp av sin arbetsgivare.

Och bilden av planeten Jorden fortsatte sin resa genom universum...

Kapitel 16

Den vilsamma bibliotekssemestern på hotellet i Montmartre inkluderade många intressanta böcker, caféer och restauranger. "En intressant tid som vanligt." Sa Elvis till sin dam då de promenerade förbi utgången från Kungsholmens tunnelbanestation Stadshuset. "så sant", svarade Chlôe, "vi går ned till kajen ett tag, och sen kanske kaffe på det där gamla stället på Ergo 42, gränden du vet?" Elvis tog hennes hand och nickade. De gick vänster från tunnelbanan. Kajerna var desamma. Minnena inristade i stenarna talade om liv och död. En stor svart limousine passerade förbi. Passagerarna verkade upprörda, och jag svär att en av dem pekade på våra hjältar. Som inte brydde sig mycket. De såg ut mot havet. En trålare var på väg in. Brisen var skön. En mås stod vid pirens kant. Den såg mot våra hjältar och den log om jag inte missminner mig. En dörr dök upp på stenfundamentet till vänster om Chlôe. Det satt en skylt ovanför dörren. En mässingsskylt med ordet 'Ergo' inskrivet i trevliga runda bokstäver.

"kan det här vara en bra ide?" Frågade hon och pekade på dörren i vaga men generaliserande termer. Elvis älskade hennes utomvärldsliga elegans vad gäller indikerande och antydningar.

"Det, min magiska Sicilianska dröm, framstår som en riktigt bra ide!" Chlôe log mot Elvis och prövade samtidigt den gamla dörren. Den gled upp fint. Utan gnissel, vilket annars är tämligen vanligt med gamla dörrar. Som sådant. Dörren gick till en korridor. Våra hjältar kände igen området. Det var korridoren till tullstationen på planetoiden 'Ergo 42'.

"Si, de har bra kaffe" sa Chlôe.

"Mmm…." Svarade Elvis. "ska vi ta en kopp Kembe?" Chlôe nickade och de promenerade korridoren fram. Korridoren som, om ni minns, försvann några meter bakom en då man gick, och växte fram framför ens fötter. De fann dörren med 'Ergo 42' på sig, och klev in i tull planetoiden i parkregionen. De såg sitt älskade cafe en bit bort.

Väl där inne möttes de av en yppig Lola som hälsade dem och visade dem till ett litet bord.

"titta", sa Chlôe, "där är Edith on stage, och är inte det där Simone vid bordet där, med Jean Saul?"

Elvis nickade åt Stig då de passerade baren, och såg mot bordet Chlôe pekat på. Jodå, det var författarparet. "Si, è Jean Saul e Simone." Elvis log och tippade hatten mot filosofen och dennes författardam då de gick förbi deras bord. Bägge bekräftade diskret hans passerande, och existensen dansade iväg, sjungandes 'La Vie En Chose'. Chlôes och Elvis själar möttes och älskade i ett mörkt hörn. De satte sig och njöt av kaffet.

"det här är vad allt handlar om," sa Chlôe, "detta. Varken mer eller mindre."

"Si", svarade Elvis, "è perfetto." Och så lämnar vi våra vänner vid andra änden av det kända universum. Drickandes kaffe på en liten planetoid kallad Ergo 42, vid ett bord bredvid Jean Saul och Simone, faktiskt två av DERAS hjältar och möjligen två av de viktigaste personer som någonsin existerat. De kommer att gå tillbaka genom korridoren till Palermo. De kommer att möta sina vänner och fiender igen. Men det kommer att ske i nästa roman eller långa poem i trilogin om paret på Bergsgatan. Den kommer att ges ut på Svenska om något år eller därikring. Det kan man inte så noga veta.

A Dopo

The End

Rymden är stor

men

kärleken

större

Elvis P Karlfeldt